JENNIFER L. SCOTT

MADAME
CHARME

Dicas de estilo,
beleza e comportamento
que aprendi em Paris

Tradução
Ana Carolina Bento Ribeiro

AGIR

Título original: *Lessons from Madame Chic*
Copyright © 2011 por Jennifer L. Scott
Ilustrações de Virginia Johnson, Illustration Division

Editora Nova Fronteira Participações S.A.
Rua Nova Jerusalém, 345 – Bonsucesso – 21042-235
Rio de Janeiro – RJ – Brasil
Tel.: (21) 3882-8200
Fax: (21) 3882-8212/8313

CIP-BRASIL. CATALOGAÇÃO NA FONTE
SINDICATO NACIONAL DOS EDITORES
DE LIVROS, RJ

S439L

Scott, Jennifer L. (Jennifer Lynn)
    Madame Charme: dicas de estilo, beleza e comporta-
mento que aprendi em Paris / Jennifer L. Scott; [tradução
de Ana Carolina Bento Ribeiro]. Rio de Janeiro: Agir, 2013.

    Tradução de: Lessons from Madame Chic: 20 Stylish
Secrets I Learned While Living in Paris
    ISBN 978-85-220-1416-3

    1. Charme. 2. Moda. 3. Economia doméstica. 4. Mulhe-
res - França - Usos e costumes. 5. Franceses - Usos e costumes. 6. Paris (França) - Usos e costumes. 7. Paris (França)
- Civilização. I. Título.

12-8975.   CDD: 646.76
                              CDU: 391

Para Arabella e Georgina

Sumário

Parte 3

COMO VIVER BEM

Introdução

Relaxo na poltrona estofada da sala. O cheiro de tabaco persiste no ar. As grandes janelas estão abertas, permitindo que a morna brisa noturna de Paris penetre no cômodo, onde as requintadas cortinas de tapeçaria terminam em uma elegante poça no chão. Está tocando música clássica na vitrola antiga. A louça já foi quase toda retirada, mas as últimas xícaras de café continuam na mesa de jantar, junto com algumas migalhas da baguete fresca do dia, tão avidamente consumida ainda agora com uma fatia de queijo camembert — *le roi du fromage.*

Monsieur Charme está sentado fumando seu cachimbo em calma contemplação, balançando a cabeça lentamente ao ritmo da música como se regesse a orquestra em sua imaginação. Seu filho caminha diante da janela aberta, segurando uma taça de vinho do Porto. Madame Charme entra, tirando o avental que protegeu com tanta eficiência sua saia evasê e a blusa de seda. Ela sorri satisfeita, e eu a ajudo a tirar as últimas xícaras de café. Foi mais um dia de satisfação em Paris — onde a vida é vivida com beleza e paixão.

Em janeiro de 2001, fui morar com uma família francesa em Paris, como aluna de intercâmbio. Deixei os confortos despreocupados de Los Angeles, entrei num avião com meus colegas da universidade (com duas malas grandes e superlotadas) e embarquei em uma aventura que mudaria radicalmente o curso da minha vida.

Mas é claro que, na época, eu não sabia disso. Tudo o que sabia é que passaria os próximos seis meses em Paris. *Paris!* A cidade mais romântica do mundo! Confesso que a minha empolgação estava encoberta por algumas preocupações. Quando deixei a Califórnia, só tinha estudado francês por três semestres — meu domínio da língua era, na melhor das hipóteses, desajeitado. Além disso, seis meses é muito tempo para se ficar longe da família e do país. E se eu ficasse com saudades? Como seria a família anfitriã francesa? Será que eu ia gostar deles? Eles iam gostar de mim?

Então, algumas noites após aterrissar em Paris, quando me peguei sentada na sala de jantar formal e austera da Família Charme, participando de um jantar de cinco etapas, cercada por janelas do chão até o teto e antiguidades preciosas, já estava apaixonada pela minha nova e fascinante família. Uma família tão bem-vestida, comendo uma bela refeição (em etapas!) feita em casa, em sua melhor porcelana, numa noite de quarta-feira. Uma família que apreciava tremendamente todos os pequenos prazeres da vida e que parecia dominar a arte de viver bem. Uma família com seus rituais noturnos e costumes imaculados, calcados na tradição. Como uma menina simples da Califórnia, tão acostumada a chinelos e churrascos, foi parar no meio da aristocracia parisiense?

Sim, a Família Charme (usarei este nome para preservar seu anonimato) era de origem aristocrática. A tradição de bem viver, herdada de seus ilustres ancestrais, vem sendo praticada por gerações e gerações da Família Charme.

E quem era a enigmática Madame Charme? Ela era mãe e esposa. Tinha um emprego de meio expediente e ainda fazia trabalho voluntário. Seu estilo era bastante tradicional; nunca usava jeans. Seu cabelo era castanho com um corte parisiense curto, sem firulas. Tinha opiniões fortes. Era gentil e cuidadosa e podia ser ousada e direta (como você verá). Uma mulher que sabia o que era importante na vida, e sua família era a coisa mais importante de todas. Ela era a chefe daquele lar em que se vivia tão bem. Preparava todas aquelas refeições deliciosas. Administrava as complicações da vida cotidiana. Era dela o leme do navio.

No começo da minha estada, pensava que todas as famílias francesas vivessem como a Família Charme — de modo tradicional e cerimonioso. Então tive o prazer de conhecer a Família Bohemienne (outra família anfitriã em meu programa de intercâmbio). Seu lar era administrado por Madame Bohemienne, uma mãe solteira de cabelos cacheados, com uma visão cor-de-rosa da vida, um calor e um encanto que iluminavam seus jantares loucos. Ao contrário da Família Charme, os Bohemienne eram informais, descontraídos, barulhentos e, é claro, boêmios! Sim, as duas famílias levavam a vida de forma bem diferente, mas ambas a viviam com paixão e muito bem. Para mim, foi um prazer e um privilégio observá-las.

Este livro teve origem no meu blog, The Daily Connoisseur, quando fiz uma série chamada *As vinte principais coisas que aprendi morando em Paris.* Os leitores ficaram tão interessados que decidi elaborar as lições aprendidas com a Família Charme e a Família Bohemienne e registrá-las neste livro.

Cada capítulo apresenta uma lição que aprendi enquanto vivia em Paris. Muitas dessas lições aprendi diretamente com Madame Charme, que tive o prazer de observar em sua própria casa e que tão gentilmente me adotou. Algumas delas aprendi com Madame Bohemienne. Outras, com a própria Cidade Luz.

Como uma jovem universitária, eu tinha muitas ideias sobre o que aprenderia ao viver em Paris, mas não esperava aprender tanto sobre como viver a vida. Como *realmente* vivê-la. Como não apenas existir, mas florescer. Ah, mas aí estou me adiantando...

MADAME
CHARME

Parte 1

Dieta e exercícios

Capítulo 1

BELISCAR NÃO É CHIQUE

Ao se viver com uma família diferente (principalmente em outro país), pode-se encontrar muitos motivos para a ansiedade. Para mim, um deles era a comida. Em casa, na Califórnia, eu estava acostumada a mastigar o dia inteiro. Um punhado de salgadinhos aqui, uma laranja ali, uns biscoitos, um iogurte... Será que eu me sentiria à vontade para entrar na cozinha da Família Charme e beliscar uma coisa ou outra como se estivesse na minha própria casa?

Algumas horas depois da minha primeira refeição com a Família Charme, comecei a ficar com fome. Foi um jantar delicioso, mas, por estar levemente nervosa perto da minha nova família e angustiada com a ideia de manter toda uma conversa baseada em três semestres de francês na faculdade, não comi tanto quanto gostaria. Então pensei em me esgueirar (de pijama) até a cozinha, que eu ainda não tinha visitado.

A cozinha da Família Charme não era de acesso fácil. Ficava nos fundos do apartamento, ao fim de um corredor longo e escuro, e não era conectada a nenhum outro cômodo da casa. Pensei em ir de fininho pelo corredor e dar uma olhada. Talvez houvesse uma tigela de frutas para eu beliscar.

É claro que a porta do meu quarto (antiga e fabulosa) soltou um grandiloquente rangido quando comecei minha missão furtiva e, segundos depois, Madame Charme estava no corredor em seu robe, perguntando se eu estava bem. Disse que estava e que ia apenas pegar um copo d'água. Ela se ofereceu para pegar para mim. E fora o olhar estranho que ela lançou para o meu pijama (que vai ser tema de um outro capítulo), tudo parecia estar bem. Só que não estava. Eu queria meu lanchinho da madrugada!

Naquela noite, fui dormir com um pouco de fome, sensação à qual não estava acostumada. Até que não era tão ruim; na verdade, me intrigava! Nunca tinha me permitido ficar com fome. Na Califórnia, eu pegaria algo para comer ao menor sinal de fome, eliminando completamente essa sensação o mais rápido possível. Naquela noite, saboreei minha fome e fantasiei sobre o que teria para o café da manhã no dia seguinte.

Demorei um tempo para entender, mas, finalmente, percebi que a maioria dos franceses não belisca — e a Família Charme não era exceção. Durante todos os seis meses que vivi com eles, nunca vi nenhum morador da casa comer algo fora do horário das refeições. Eles tinham hábitos alimentares excelentes, não estavam nem um pouco acima do peso e, gastronomicamente falando, viviam vidas muito equilibradas.

Nunca vi Monsieur Charme sair correndo de casa com uma maçã na boca e um copo descartável de café na mão, pois ele nunca estava atrasado para o trabalho. Toda manhã a família tomava café ao mesmo tempo (e essa refeição era bastante satisfatória), depois, geralmente, almoçava-se fora de casa, certamente em um café, e o jantar sempre era um evento de pelo menos três etapas em casa. Se você tivesse isso para esperar todos os dias, não ia querer arruinar seu apetite se entupindo de salgadinhos!

O design antilanchinho

Muitas casas americanas exibem cozinhas "abertas" — onde os espaços de cozinhar, comer e viver estão interligados sem rupturas em um cômodo gigante. Esse tipo de interior não é comum nos antigos apartamentos de Paris. Era preciso fazer uma verdadeira viagem para ir até a cozinha da Família Charme. Ela não apenas não era conectada a nenhum outro cômodo (certamente não à sala de jantar), mas também ficava situada no fim de um corredor longo e escuro que geralmente tinha roupas penduradas para secar. Pode-se argumentar que uma cozinha aberta é mais calorosa e aconchegante (afinal, a cozinha é o coração da casa), mas também apresenta tentações. É terrivelmente difícil evitar o pote de biscoitos se ele estiver olhando para a sua cara enquanto você tenta se preocupar com outras coisas na sala de estar.

A cozinha da Família Charme era puramente funcional. Enquanto muitas cozinhas modernas ostentam bancadas de granito, eletrodomésticos de aço inoxidável e máquinas de café espresso, a da Família Charme era pequena e bastante antiquada. Sua principal função era produzir refeições (ainda que refeições espetaculares). O café da manhã era a única refeição do dia consumida na cozinha; o jantar sempre era servido na sala de jantar.

A sala de estar da Família Charme era muito formal. Não era o tipo de lugar em que alguém relaxaria enquanto come um lanchinho. Não havia área confortável com almofadões, poltrona reclinável, TV gigante de tela plana. Havia apenas quatro poltronas antigas. Eles até tinham uma TV, mas era um aparelho pequeno e velho, que a família raramente ligava e que ficava enfiado em um canto. A sala de estar da Família Charme era feita para conversar, divertir-se com os amigos ou ler um livro. E, como era tão formal, seria bem estranho alguém devorar salgadinhos de queijo enquanto estivesse por lá.

Beliscar não é chique. Você já viu alguém beliscando distraidamente? Sentado em frente à televisão com um saco de rosquinhas ou um pote de sorvete — comendo sem prestar atenção? Talvez migalhas caiam na sua camisa, ou uma gota de sorvete arruíne sua saia recém-passada. Beliscar é o oposto do chique. E, em Paris, isso simplesmente não acontece.

Lanchinhos de alta qualidade

Ao voltar para casa, admito que belisco, mas apenas se for um lanche de alta qualidade. Antes de morar na França, eu não acharia nada de errado em comer qualquer porcaria, como balas, batata frita direto do pacote e biscoitos industrializados. Hoje evito essas coisas a todo custo. Meus lanchinhos devem ser de alta qualidade — iogurte grego com mirtilos, uma tigela de sopa de tomate ou uma fruta. E eliminei definitivamente as bobagens que eu costumava comer de madrugada. Meu marido e eu jantamos bem cedo agora que temos filhos e não preciso comer mais nada depois do jantar. Descobri que se eu fizer uma refeição bem balanceada e de qualidade e comer alguma coisinha de sobremesa, a necessidade de um lanchinho será completamente eliminada.

Sugiro que você nem tenha essas bobagens em casa. E também não passe no corredor onde elas ficam no supermercado. Se essas coisas não estiverem à mão, você não vai sentir falta depois de um tempo. Garanto que não vai lembrar com carinho daqueles viciantes salgadinhos de queijo. Na verdade, vai até se perguntar como pôde consumir algo tão tenebroso.

Nunca coma em movimento

Os franceses não comem durante a correria. No livro *Sixty Million Frenchmen Can't Be Wrong* [Sessenta milhões de franceses não podem estar errados], os autores Jean-Benoît Nadeau e Julie Barlow se lembram de quando saíram de seu prédio em Paris comendo um sanduíche e foram cumprimentados com um sarcástico *"Bon appétit"* do porteiro debochado. As únicas pessoas que você vê comendo e andando ao mesmo tempo na França são turistas. Nem consigo imaginar Madame Charme fazendo uma coisa dessas — isso simplesmente *jamais* aconteceria!

Eu não achava nada de errado em comer e andar ao mesmo tempo. Agora, prefiro não fazer isso, *merci*. Na verdade, outro dia fui fazer compras e percebi que estava com bastante fome. Por um instante, considerei parar em um daqueles quiosques que vendem rosquinhas e pedir uma gigante para comer enquanto comprava, mas, quando imaginei o olhar de desaprovação de Madame Charme, simplesmente não consegui partir para a ação. Preferi, então, ir para a praça de alimentação, sentar e almoçar como uma dama.

Comer deve ocupar toda a sua atenção. Afinal, você está trazendo coisas para dentro do seu corpo. Esse ato deve ser civilizado e respeitoso. Você não consegue fazer isso no metrô. Se tiver que beliscar, faça isso de modo controlado e civilizado. Entre num café e sente-se para saborear seu cappuccino com croissant.

Permita-se sentir fome

Muitos de nós beliscamos porque não queremos sentir fome. Na França, aprendi que sentir fome é uma coisa muito boa. Você não está morrendo de fome. Você tem apetite, que é resultado de várias atividades estimulantes.

Meus dias em Paris eram extremamente ativos. Eu ficava fora o dia inteiro, andando pela cidade, indo às aulas, encontrando amigos. Com isso, desenvolvia um tremendo apetite! E aquele maravilhoso apetite era satisfeito todas as noites quando eu chegava em casa e jantava com a Família Charme. Eu era capaz de apreciar as refeições bem-feitas de Madame Charme e realmente saboreá-las. Se eu tivesse estragado meu apetite entupindo-me de salgadinhos e doces, não apreciaria em nada as refeições dela. Quem quer arruinar um linguado com molho *beurre blanc*, batatinhas e *haricots verts,* seguido por *crème caramel*, comendo pão demais antes do jantar? Eu, não!

Diagnostique o problema

Muitas vezes o que achamos que é fome é na verdade outra coisa. Se você estiver fazendo três refeições balanceadas por dia e tomando um chá à tarde, provavelmente não está com fome. Você pode estar com sede ou desidratação aguda. Na próxima vez em que sentir vontade de beliscar entre as refeições, tome um bom copo d'água com limão e espere vinte minutos. Há grande chance de a fome desaparecer.

Se não estiver com sede e tiver a sensação de que não está com fome de verdade, será que não está entediada? A maioria de nós já comeu por tédio em algum momento da vida. Entretenha-se com outras atividades — ler um livro, tomar um pouco de ar fresco com uma caminhada, tocar piano...

E, finalmente, tente não beliscar em frente à TV, a não ser que esteja assistindo a uma final de campeonato.

Faça de um bom jantar uma prioridade

É claro que todo esse esforço para não beliscar é inútil a não ser que você esteja fazendo pelo menos três refeições balanceadas por dia. Você sente que nunca consegue dar um passo adiante quando o assunto é planejar refeições? Está sempre se perguntando de onde virá a próxima refeição? (Buscar num restaurante, pedir uma entrega em casa, revirar os armários da cozinha?) Você é um pouco neurótica quando o assunto é comida? Talvez os lanches estejam tomando o lugar das refeições na sua vida.

A Família Charme tornou as refeições uma prioridade e desfrutava delas como um ritual. Não havia uma noite em que pensássemos em pedir pizza porque não havia nada para jantar. Ou, pior ainda, que comêssemos uma tigela de cereal diante da pia da cozinha, às nove horas, por não termos jantado. (Todos já passamos por isso — especialmente eu. Não nego!)

Madame Charme tinha um conjunto de receitas que preparava muito bem e fazia um rodízio entre elas. A despensa sempre estava recheada com os ingredientes necessários para uma refeição satisfatória. Nas noites em que não havia um prato espetacular, comíamos uma salada com cortes selecionados de frios da *charcuterie*. Mesmo este jantar era importante, e a tábua de frios (salames, presuntos etc.) circulava pela mesa como se contivesse as mais finas iguarias.

Todos os dias eles comiam comida de verdade (nada de manteiga falsa, açúcar falso ou coisas dietéticas). Suas refeições eram consistentes, plenamente satisfatórias e muito tradicionalmente francesas.

Récapitulation

- Incremente a qualidade de suas refeições para reduzir o desejo de beliscar porcarias.

- Torne jantar bem uma prioridade.

- Decore sua casa de forma a não facilitar os lanchinhos. Pense primeiro na estética e depois no conforto. (Afinal, se você quiser deitar, sempre pode ir para a cama.)

- Quando for de fato beliscar, escolha apenas comidas de alta qualidade. Não faça concessões.

- Nunca coma enquanto está andando, dirigindo ou em pé. Evite a todo custo comer na correria.

- Permita-se sentir um pouco de fome para construir um apetite saudável.

- Hidrate-se ao longo do dia com água.

- Sempre consulte seu médico antes de começar qualquer nova dieta e descubra o que é melhor para você.

- Torne a preparação de refeições balanceadas uma prioridade em sua vida e mantenha a despensa abastecida.

- E lembre-se: beliscar sem pensar não é chique!

Capítulo 2

NÃO SE PRIVE

Nunca comi tão bem nem apreciei tanto a comida quanto no período em que vivi em Paris com a Família Charme. Aquela era uma família que, gastronomicamente falando, levava uma existência bastante invejável.

O café da manhã consistia em torradas com manteiga de verdade e geleia feita em casa, entre outras delícias. Em geral, almoçava-se fora, ou, se a refeição era feita em casa, comiam-se as sobras da noite anterior. Ocasionalmente, Madame Charme chamava as amigas para almoçar, e, nesse caso, ela fazia algo leve, como peixe e legumes no vapor com um molho delicado ou uma quiche com salada. O jantar era servido em pelo menos três etapas todas as noites. Uma refeição típica durante a semana seria algo como sopa de alho-poró seguida por frango assado com endívias refogadas e batatinhas. Depois, uma salada. De sobremesa, uma torta de morango e, finalmente, queijos variados. O jantar era quase sempre uma refeição francesa: Madame Charme não fazia experiências com outras culinárias. Havia sempre uma proteína (geralmente frango, ovos, peixe ou carne), legumes e molhos encorpados. Toda noite tinha queijo e uma sobremesa!

Como norte-americana, e especificamente do sul da Califórnia, a princípio hesitei um pouco quando me vi diante de refeições como essas. Será que eu ia engordar na França? Esperava voltar para minha família e amigos chique e misteriosa — talvez com um corte de cabelo à la *Sabrina*, mas certamente não com um pneu novo em volta da cintura. Então observei a Família Charme. A família inteira (Monsieur, Madame e o filho) estava em ótima forma; nenhum deles estava acima do peso. Eles eram provas vivas do famoso paradoxo francês. Hum... Se eles não haviam engordado, talvez eu também não engordasse.

E não engordei. Morar na França realmente mudou toda a minha atitude em relação à comida e a como jantar bem. Não apenas não ganhei peso enquanto morei em Paris, como também mantive o peso desejado quando voltei para os Estados Unidos, mesmo depois de ter meu filho.

"Não se privar" significa várias coisas. Não se prive de comidas consistentes e plenamente satisfatórias, não se prive de sobremesas e doces e não se prive da experiência de jantar bem — um jantar em que você se delicia totalmente e alimenta não apenas o corpo, mas também a alma.

As seções seguintes trazem minhas ideias e observações sobre como jantar bem, manter um físico saudável e não se privar da experiência gratificante que é comer.

Atitude e paixão

Atitude é extremamente importante se você quiser apreciar sua comida e alimentar seu corpo. A Família Charme tinha uma atitude muito saudável e positiva em relação à comida. De manhã, Madame Charme logo tratava de me perguntar qual de suas geleias caseiras eu preferiria: *"Fraise? Ou marmelade d'orange?"* — Morango? Ou laranja?

À noite, quando todos sentávamos juntos *à table*, frequentemente falávamos sobre as qualidades do que estávamos comendo. "Você sabia que este vinho veio da região tal? O segredo deste molho é o creme de leite!" Ou: "Os damascos desta torta estão muito suculentos; tenho que fazê-la de novo qualquer dia desses." Quando a tábua de queijos era servida todas as noites em sua humilde travessa, Monsieur Charme virava para mim (invariavelmente) e me oferecia uma fatia de camembert, proclamando-o *le roi du fromage* — o rei dos queijos.

Nos Estados Unidos, a maioria das pessoas reclama quando se coloca uma refeição consistente diante delas. "Deve ter um monte de creme aí! Vou ter que ir à academia amanhã!" ou "Quantas calorias você acha que *isso* tem?" Nos muitos jantares que tive na França com diferentes pessoas (não apenas a Família Charme), nunca ouvi qualquer referência a contagem de calorias ou coxas mais gordas. Ouvi apenas discussões honestas e apaixonadas sobre a questão culinária do momento.

Embora ter uma atitude positiva em relação à comida não impeça que você ganhe peso, ela será a base de uma relação saudável com o alimento e do hábito de jantar bem. Se você ficar obcecada com o que a comida fará à sua forma, a privação pode fazer com que você coma exageradamente em uma refeição particularmente sedutora. Ou você pode achar que, como vai queimar as calorias na academia no dia seguinte, pode repetir ou comer uma porção maior. Se simplesmente tiver uma atitude saudável e ingerir pequenas porções satisfatórias, não precisará se preocupar tanto.

Quando Monsieur Charme descrevia o camembert como *le roi du fromage*, ele o fazia com ardor e entusiasmo. Eu achava sua personificação noturna do queijo divertida e sincera. Quando foi a última vez em que você ouviu alguém falar de comida apaixonadamente e sem constrangimento? Monsieur Charme nunca diria: "Esse camembert é o rei dos queijos!", e depois: "Infelizmente vai direto para minha pança". Não faz o menor sentido anular sua paixão com negatividade. Melhor não dizer (ou não comer) nada.

E finalmente, vou acrescentar que declarar sua neurose com comida à mesa de jantar não é chique.

Atenção

Fazer duas coisas ao mesmo tempo é não fazer nenhuma.
Publílio

Essa é uma das minhas citações favoritas sobre executar várias tarefas ao mesmo tempo e aplica-se perfeitamente ao ato de comer. Antes de viver em Paris, não era raro me ver fazendo uma refeição de pé, talvez no balcão da cozinha, o celular enfiado entre a orelha e o ombro. Ou pior ainda, na frente da TV. Quando a refeição acabava, eu não saberia dizer se tinha comido.

A Família Charme era muito atenta quando o assunto era alimentação. Nunca vi um membro daquela família comendo sem estar sentado, com uma boa postura, guardanapo no colo, garfo e faca nas mãos, mantendo uma conversa civilizada. E isso incluía o café da manhã!

A técnica da iguaria

Uma iguaria pode ser algo bastante estranho como pernas de rã (é verdade, e gosto disso), ou pode ser algo bem excitante como trufas negras (de que também gosto). Uma iguaria é algo raro — uma delícia, se preferir chamar assim.

Quando sinto que estou esquecendo de prestar atenção ao que como, apelo para o que chamo de técnica da iguaria.

Pense em como você comeria uma iguaria que estivesse na sua frente. Você não iria simplesmente enfiá-la na boca sem pensar enquanto checa seu iPhone, não é? Não. Você iria suspirar, iria compartilhar um sorriso empolgado com seu companheiro de mesa, colocaria um guardanapo de tecido no colo, pegaria cuidadosamente os talheres e então provaria. Você levaria a comida à boca lentamente, provando-a e saboreando-a. Falaria sobre ela. Degustaria aquilo com prazer.

Agora imagine se fizesse isso com tudo o que come. Se tratasse a hora da refeição como algo sagrado — não importando as circunstâncias. Seria mais provável que comesse alimentos de alta qualidade e os apreciasse plenamente. Sua atitude em relação à comida iria se tornar instantaneamente mais saudável. E, no fim das contas, você comeria menos porque estaria em sintonia com seu corpo e saberia quando já estivesse satisfeita.

Moderação

Recentemente, meu marido e eu saímos de férias para comemorar o ano-novo em Barbados. Ficamos em um hotel pequeno, mas excelente, à beira-mar, com apenas mais alguns casais e famílias. Havia um casal francês no hotel que eu gostava particularmente de observar. Tinha certeza de que eram franceses mesmo sem ouvi-los falar uma única palavra. A mulher estava sempre apresentável sem estar arrumada demais. Tinha uma atitude despreocupada e passava a maior parte do tempo discutindo filmes, política e arte com seu companheiro. (É, eu ficava escutando disfarçadamente.) Mas o que mais me impressionou foi sua atitude em relação à comida.

Todos os dias, nosso hotel oferecia um suntuoso bufê de café da manhã. Parecia que todo tipo de comida estava disponível: panquecas, bacon, ovos mexidos, feijão cozido, batata rosti, *bagels* e cream cheese. Sou terrível quando se trata de bufês. Quero provar tudo para saber o que é bom, sabe? Mas a francesa que observei comia uma grande tigela de frutas, iogurte puro e tomava uma xícara de café todas as manhãs... ignorando completamente as outras opções tentadoras! Eu sempre achava que as frutas eram apenas sua entrada e esperava que ela se levantasse e pegasse algumas panquecas ou pelo menos ovos mexidos. Mas isso nunca acontecia. Ela continuava imperturbável diante de todas aquelas tentações, apreciando sua tigela de frutas e conversando animadamente com seu companheiro.

Era sua atitude saudável em relação à comida que permitia que ela ignorasse, dia após dia, todas as tentações no bufê do café — estou certa disso.

Apesar do exemplo da francesa, eu tomava um café da manhã *enorme* todos os dias. Eu pensava: "Ah, veja todas essas delícias. É melhor eu experimentar todas elas já que não tenho isso em casa!" De certa forma, a ideia de estar de férias libera a gulosa que existe em mim, mas a francesa que observei parecia não ter o mesmo problema. Presumo que o que ela comia no bufê era a mesma coisa que ela comia todos os dias na França. Aparentemente, ela não via nenhum motivo para mudar sua rotina matinal. Ela parecia apreciar o café da manhã, e não estava se privando da imensa variedade de comidas oferecidas. Seu exercício de moderação me deu motivos para muita reflexão.

Apresentação

A apresentação da comida é um elemento vital para apreciarmos uma refeição e não comermos demais. Se a comida tem uma apresentação bonita, é mais provável que você pare e a aprecie, em vez de apenas engoli-la. Nunca prestei muita atenção na apresentação da minha comida antes de morar em Paris. Mas um dia tudo mudou.

No início da noite, eu e Madame Charme estávamos na cozinha. A janela estava aberta, e a morna brisa parisiense nos acompanhava enquanto cozinhávamos. Estávamos fazendo torta de morango para a sobremesa. Eu cortava e limpava as frutas enquanto Madame Charme começava a fazer a *pâte sucrée* — a massa da torta. Ajudei-a a passá-la para a forma, que já fora bastante usada em todos aqueles anos. Então Madame Charme me disse para acrescentar os morangos. Ansiosamente, despejei-os sobre a massa, arrumei-os levemente e olhei para Madame Charme à espera do próximo passo.

O que ela me deu, porém, não foram instruções sobre o que fazer a seguir, mas um olhar de horror.

— Jennifer — disse ela (em francês, é claro) —, *non!* Você deve arrumar os morangos cuidadosamente, simetricamente, e em toda a forma. *Avec precision!*

— Ah — exclamei, olhando para a minha torta, com os morangos dispostos ao acaso. Achei que parecia bonitinha; artística, se você quisesse ser gentil.

Mostrando-me como eu deveria ter feito, ela dispôs os morangos sobre a massa formando uma espiral. Terminei o trabalho que ela começou, e colocamos o morango mais bonito no centro. Então começamos a derramar a cobertura. Madame Charme, com visível satisfação, declarou que a torta estava "pronta".

Fazer aquela torta de morango com Madame Charme foi bem significativo para mim. Ensinou-me que nenhuma situação é pequena demais para se viver bem. Aquela tortinha de morango impecável não tinha sido feita para uma festa ou para impressionar convidados. Tinha sido feita para um jantar em família — seu marido, seu filho e eu — num dia de semana.

Praticando o melhor para você e sua família diariamente, você treina sua mente e seu paladar para terem uma atitude saudável em relação à comida e às refeições e passa a mensagem de que você e sua família são especiais o suficiente para receber toda a alegria que a comida traz à mesa.

Le petit déjeuner

O café da manhã (ou *le petit déjeuner*) é um ritual muito importante na França. Tendo crescido na Califórnia, eu sabia que o café da manhã era certamente importante, mas sem valor ritualístico. Geralmente eu engolia uma tigela de cereal ou uma torrada e chamava isso de começar o dia. Como vim a descobrir, as coisas eram bem diferentes em Paris.

Monsieur Charme levantava muito cedo todos os dias para ir trabalhar (muito antes de eu acordar). Ele ia tomar café às 5h45 da manhã e saía às 6h30. Madame Charme levantava antes dele, e o café do marido estava pronto quando ele acordava. Como você pode imaginar, o café da manhã na Família Charme era mais que uma torrada e uma xícara de café.

Descobri isso na minha primeira manhã naquela casa. Depois de passar a noite familiarizando-me com a sensação de fome, eu esperava ansiosamente pelo café da manhã. Ainda de pijama (deveria tomar café antes ou depois de tomar banho e me vestir?), voltei timidamente à cozinha. Lá ouvi o leve zumbido do rádio e o suave tilintar dos pratos. Madame Charme, apesar de usar um robe quando levantava para preparar o café do marido, agora estava completamente arrumada e pronta para o dia (o que respondeu à minha pergunta sobre se eu deveria me arrumar antes de tomar o café). Ela fez um comentário, dizendo que eu devia gostar de *faire la grasse matinée* (dormir até tarde). Lembro que olhei para o relógio e, ao ver que eram 7h30, pensei: "Ela não sabe o que é acordar tarde!"

Madame Charme conduziu-me à pequena mesa da cozinha, que estava adornada com uma fartura de iguarias. Perguntou se eu preferia chá ou café (chá de manhã?) e começou a me servir um chá fervente em uma tigela. *Oui*, você leu certo — uma tigela.

Achei que talvez eu tivesse enlouquecido, que a diferença de fuso horário estivesse me afetando, ou que talvez Madame Charme não tivesse mais xícaras de chá, mas, no dia seguinte, notei o mesmo procedimento. Na casa da Família Charme, o chá era tomado em tigelas. E não apenas lá. Aprendi que a maioria dos franceses toma sua bebida matinal em tigelas.

Junto com o chá, servido cerimoniosamente em uma tigela, um café da manhã típico incluiria:

- frutas frescas;
- *fromage blanc* (um delicioso queijo fresco com a consistência similar à do iogurte, que pode ser comido com uma pitada de açúcar);
- uma fatia da torta da noite anterior (geralmente de maçã, damasco ou morango — feita em casa por Madame Charme);
- baguete torrada com geleia, também conhecida como *tartine* (a geleia sempre era feita em casa — as de morango, amora e laranja eram suas favoritas).

Todos os dias, Madame Charme dispunha essas opções para o café da manhã na mesa. Apesar de o tomarmos na cozinha, que era menos formal, sentávamo-nos com guardanapos de pano e boas maneiras à mesa e nos alimentávamos para começar o dia. Os sons suaves que saíam do rádio, combinados com o reconfortante aroma de pão torrado, geleia doce e chá, proporcionavam um delicioso ritual diário que eu aguardava ansiosamente e me fazia começar o dia com o pé direito, pronta para qualquer aventura que viesse.

Récapitulation

- Desenvolva uma atitude positiva em relação à comida e à alimentação.
- Cultive sua paixão por comidas finas e divirta-se falando sobre elas!
- Esteja atenta e presente quando fizer todas as refeições.
- Use a técnica da iguaria para criar uma experiência especial no jantar, não importa em que circunstância.
- Quer esteja comendo um sanduíche de atum ou um suflê de queijo gruyère, assegure-se de que a apresentação da comida esteja atraente.
- Use de moderação e comedimento quando estiver de férias ou diante de um bufê. (A longo prazo, você ficará feliz por ter feito isso.)
- Esforce-se para comer apenas comida de qualidade.
- E acima de tudo: aprecie suas refeições! Passamos tanto tempo de nossas vidas comendo! Divirta-se com elas — tenha prazer em jantar.

Capítulo 3

Exercício é parte da vida, não uma obrigação

Na primeira vez em que visitei Madame Bohemienne, eu estava prestes a ter uma surpresa. Ela era a mãe anfitriã do meu namorado da Califórnia, que também estava no programa de intercâmbio. Ele havia me contado que ela era maravilhosa e que ele estava se dando bem com seus dois filhos. Todos queriam me conhecer, então fui convidada para jantar.

Peguei o metrô do 16e *arrondissement* para ir até o 11e *arrondissement* (o que leva quase uma hora), subi várias ladeiras calçadas com paralelepípedos e finalmente me vi diante do prédio. Quando cheguei lá, já estava sem fôlego. Mas minha jornada havia apenas começado. O apartamento da Família Bohemienne ficava alguns andares acima... e não havia elevador.

Fiz a única coisa que podia fazer. Respirei fundo e encarei a escalada. Cheguei em um estado lamentável. Não apenas estava sem fôlego, mas também bastante suada. (Era um dia frio, então eu estava vestindo um casaco pesado.) Fiquei impressionada por ver que a Família Bohemienne morava em um andar tão alto sem elevador.

Como eles subiam com as sacolas de compras? Como haviam conseguido se mudar? Como se mudariam se precisassem? Será que Madame Bohemienne e seus filhos escalavam aquela montanha de escadas todos os dias — várias vezes — para chegar em casa?

Escalavam, sim — e não pensavam duas vezes antes de fazer isso. Na verdade, acharam engraçado meu espanto por não terem elevador.

Morar em Paris me despertou para o fato bastante óbvio de que eu era preguiçosa. Antes de morar na França, *jamais* pensaria em subir mais que dois lances de escada se tivesse como ir de elevador (o que quase sempre é o caso nos Estados Unidos).

A vida em Paris é ativa — exercício faz parte do cotidiano. A Família Bohemienne subia aqueles lances de escada todos os dias sem esforço. Eles estavam extremamente em forma. Além de subir as escadas, Madame Bohemienne caminhava por toda a cidade — fazendo compras, indo para o trabalho e visitando amigos. Acho que a família tinha um carro — mas raramente o usava.

A Família Charme também tinha carro. Mas só o usavam para ir a sua casa de veraneio na Bretanha ou quando seu filho ocasionalmente saía à noite.

Compras diárias como exercício

Para fazer compras, Madame Charme levava um carrinho e o enchia com itens de cada loja que visitava. Ela só comprava o que ia usar naquele dia. E preferia ir a lojas especializadas, como a *pâtisserie*, a *charcuterie* ou a *boulangerie* locais, em vez de passar em um *supermarché* gigantesco, pois a qualidade da comida naquelas lojas era superior, e ela faria mais exercício ao ir a mais de um lugar.

Uma manhã, quando não tive aula, acompanhei Madame Charme em suas compras diárias. Estava muito frio, e soprava uma brisa surpreendentemente forte. (Lembre-se de que sou do sul da Califórnia, então minha descrição aparentemente exagerada do tempo frio tem um fundo de verdade!) Madame Charme e eu, todas encasacadas, descíamos uma rua larga do 16º, onde ficavam as lojinhas especializadas. Ela arrastava um carrinho de compras compacto de lona vermelha e, com uma precisão de especialista, ziguezagueava em cada loja, enquanto eu a seguia um passo atrás. Nunca havia um sistema de pagamento coerente nessas lojas. Em outras palavras, não havia fila. Os franceses locais não faziam fila para pedir o que queriam e para pagar. Eles simplesmente se aproximavam aleatoriamente dos vendedores, exclamavam *"Bonjour!"* e faziam seus pedidos. (Nunca vou entender o completo desprezo francês pelo conceito de fila. Não fazer fila me estressa! Onde está o senso de ordem? Parecia uma anarquia total! Mas essa é outra história...)

Nem consigo lembrar o que compramos naquele dia, de tanto cansaço e frio que estava sentindo. Baguetes, costeletas de vitela, frutas frescas — ou seja lá o que for. Eu não conseguia acreditar que Madame Charme fazia aquilo quase todos os dias. Na Califórnia, eu entraria no carro uma vez por semana, faria uma compra gigante no supermercado e me sentiria levemente incomodada por ainda ter que carregar as sacolas do carro até a porta de casa. Na Califórnia, qualquer sinal de tempo ruim é uma desculpa para jogar todos os planos pela janela e ficar em casa na frente da lareira.

Quando comentei isso com Madame Charme, ela riu:

— É bom respirar ar puro, Jennifer; não se deve ser preguiçoso — lembro de ouvi-la dizer.

Não se deve ser preguiçosa

É, não se deve ser preguiçosa. Mas, quanto mais eu pensava nisso, mais percebia como a minha vida era inativa. Em Paris, eu tomava o metrô para ir às aulas todos os dias — o que levava quase uma hora, já que o 16º *arrondissement* fica em uma ponta da cidade — e depois caminhava até a universidade. Depois da aula, meus amigos e eu geralmente escapávamos e dávamos uma voltinha. Visitávamos museus, íamos a cafés interessantes, andávamos à beira do Sena. Fazíamos todas as coisas típicas (e maravilhosas) que as pessoas fazem quando visitam Paris. Às vezes andávamos tanto que acabávamos do outro lado da cidade.

Na Califórnia, eu raramente andava para ir a qualquer lugar. De modo geral, Los Angeles não é uma cidade para se andar, pois tudo fica distante e não há uma boa opção de transporte público como o metrô de Paris. Mas não estou inventando desculpas. Havia muitos lugares por onde eu poderia ter andado, mas escolhia ir de carro. Achava que só se faziam exercícios na academia. Por que eu perderia um tempo precioso andando ou correndo para algum lugar quando poderia dirigir e compensar minha preguiça na aula de kickboxing do dia seguinte?

E, por falar em aula de kickboxing, nem a Família Charme nem a Família Bohemienne frequentavam academias. Tinham uma atitude diferente em relação a exercícios. Eles se exercitavam limpando a casa, caminhando, subindo escadas, fazendo compras a pé. Não estou dizendo que ir à academia é ruim. Se você for o tipo de pessoa que ama ir à academia (e conheço esse tipo raro de pessoa), então, por favor, continue! Mas, se constantemente você se pegar tendo crises de culpa porque não foi à academia, talvez ela não seja para você.

Uma imagem positiva do corpo

Eu não saberia dizer se Madame Charme ou Madame Bohemienne tinham uma imagem negativa de seus corpos, pois elas não reclamavam nem ficavam dizendo que estavam "gordas" como fazem tantos homens e mulheres nos Estados Unidos. Assim como têm uma atitude positiva em relação à comida, os franceses também têm uma atitude positiva em relação ao corpo e à forma física.

A Família Charme, a Família Bohemienne e seus amigos simplesmente decidiram manter uma vida ativa para poderem aproveitar diariamente e sem culpas coisas como uma comida plenamente satisfatória.

Dá pra perceber que essas mulheres não se prendiam aos mesmos padrões de beleza das minhas amigas de Los Angeles. Madame Charme não era magrela. Ela tinha cinco filhos e uma forma plena e bonita. Não estava acima do peso — apenas tinha curvas e as assumia. Madame Bohemienne era bem magra. Ela tinha dois filhos e essa era a sua constituição natural. Cada uma daquelas mulheres assumia seu tipo físico. Madame Charme nunca seria magricela. Lutar contra suas curvas seria absurdo. Da mesma maneira, Madame Bohemienne jamais teria grandes curvas. Ela assumia seu corpo retilíneo, de menino. Elas estavam satisfeitas com o que tinham e lidavam bem com isso.

Técnicas

Já que nem todos podemos viver em Paris e ser franceses, então aqui vão algumas dicas de como incorporar exercícios à vida cotidiana, à despeito de onde você more.

Crie um desafio ativo para si mesma a cada dia

Este desafio deve ser feito sob medida para suas necessidades particulares e seu estilo de vida. Alguns anos depois de morar em Paris, me mudei para um apartamento em Santa Monica, na Califórnia, com minha amiga Anjali. O apartamento ficava no terceiro andar do prédio. Havia elevadores, mas eu optava — como Madame Bohemienne — por subir de escada. Fazia isso quase sempre — mesmo quando tinha compras ou outra coisa para carregar. Criei um desafio ativo para mim mesma. Provavelmente subia aquelas escadas pelo menos umas quatro vezes por dia. Multiplique isso por 365 dias por ano e você verá aonde quero chegar... Subir aquelas escadas foi ótimo para minhas pernas, meu bumbum e minha moral. Quando eu estava carregando coisas, era ótimo para os braços!

No filme francês *Si c'était lui...*, a atriz Carole Bouquet interpreta uma francesa moderna e bem-sucedida que parece ter tudo. Ela mora em um belo apartamento em Paris e tem uma carreira de sucesso e um namorado dedicado. Todos os dias, quando sobe as escadas para chegar em seu apartamento, faz isso com a maior agilidade, sempre repetindo os últimos degraus, descendo e tornando a subir, presumivelmente para manter o bumbum durinho, bem durinho.

Hoje moro com meu marido, filhos e cachorro em uma casa de vários andares. Como não tenho mais que subir três lances de escada para chegar à porta, decidi adotar uma rotina que se encaixa bem nas minhas novas circunstâncias de vida. Quando sinto que não me exercitei o suficiente, subo e desço os quatro andares de nossa casa dez vezes. Fico bem concentrada nessa tarefa e meu chihuahua, Gatsby, gosta de me seguir, tornando essa atividade um espetáculo bastante divertido para quem assiste. Eu crio um desafio para mim e vou em frente. A melhor parte desse tipo de exercício? É de graça e geralmente bem inspirador!

Explore seu bairro

Ter espírito aventureiro e estar disposta a explorar seu bairro é algo imprescindível. Certamente, se você mora em Paris ou em outra cidade grande, explorar o próprio bairro é excitante, mas e quanto ao resto dos simples mortais? Quando voltei à Califórnia depois de viver em Paris, fiquei desapontada. Paris era uma cidade tão bonita... Havia tanto a explorar... Como meu novo bairro de Los Angeles poderia competir com aquela cidade? Desisti antes mesmo de tentar.

Então, depois de ter meu primeiro filho, decidi caminhar ao fazer compras, como Madame Charme fazia em Paris. Comecei a explorar minha vizinhança em Santa Monica e fiquei extremamente feliz com os resultados. Passei a conhecer tantas lojinhas que eu não faria a menor ideia que existiam se não tivesse caminhado pela minha própria cidade... Descobri que eu não apenas morava perto de um grande supermercado, mas também de várias lojinhas étnicas, com uma variedade excelente de mercadorias e carnes, e de algumas padarias! Jamais teria descoberto essas delícias locais se não tivesse me aventurado a pé. Frequento essas lojas quase sempre para fazer as compras. Como resultado, minha comida é mais fresca e ainda faço mais exercícios. Também fiquei amiga de muitos dos meus vizinhos, fiquei mais sociável.

Torne seu tempo livre mais ativo

Em Paris, meu tempo de lazer era mais ativo, menos sedentário. A Família Charme não tinha sofá nem beliscava, então, nas horas livres, eu não ficava deitada vendo TV ou comendo batata frita. Caminhava à beira do Sena, ia a museus e cafés. Eu me aventurava... Explorava as redondezas. Também estava fazendo exercícios e mantendo a forma — apesar de não perceber isso na época. Ao tornar seu tempo livre mais ativo, você cria um padrão para si mesma e logo fica viciada em fazer atividades. Seus dias passam a parecer incompletos se não der uma caminhada ou se não for ao café local para ler ou socializar.

Faça exercícios domésticos

Apesar de poderem pagar, nem Madame Charme nem Madame Bohemienne tinham faxineiras. Elas mesmas faziam todo o trabalho doméstico. Não estou necessariamente defendendo isso (acho que, se puder pagar uma faxineira, contrate uma!), mas devo dizer que fazer você mesma bastante do trabalho doméstico pode mantê-la em forma. O trabalho doméstico é uma excelente maneira de incorporar o exercício físico à sua vida. A maioria de nós tem que fazer trabalho doméstico de uma forma ou de outra. Por que não tirar o máximo de proveito disso?

Normalmente não defendo que se deva desempenhar várias tarefas simultaneamente, mas limpar e se exercitar ao mesmo tempo é uma exceção. Limpar a casa queima calorias, mas adicionar alguns movimentos criativos pode ajudar a manter seu corpo esbelto. Faça abdominais enquanto passa o aspirador, agachamentos quando tira a poeira das pernas das cadeiras, injetando, assim, um pouco de malhação na sua rotina de limpeza.

Por exemplo, tente fazer uma limpeza rápida da casa todos os dias para mantê-la apresentável. Estabeleça um tempo limite para si mesma. Dez minutos talvez. Coloque uma música animada e vá com tudo. Aumente seu ritmo cardíaco. Esfregue, empurre, seque, tire o pó, ajeite — ou faça o que quer que precise ser feito. Você queimará calorias e, ao mesmo tempo, embelezará seu espaço.

Se tiver uma tarefa maior a ser feita, como polir o piso, faça com que isso funcione também a seu favor. Isso me lembra meu filme preferido, *O fabuloso destino de Amélie Poulain*, no qual a mãe de Amélie encera o chão com as pantufas que está calçando. Ela faz aquilo com gosto, entusiasmo e prazer, e, ao mesmo tempo, tonifica as pernas e o bumbum.

Limpar e se exercitar não são atividades que normalmente alegram as pessoas. Então, se quiser combiná-las, tente tornar a experiência o mais prazerosa possível para se encorajar a continuar. Vista suas luvas e seu avental preferidos (não estou me dirigindo apenas às mulheres — homens, vocês também podem fazer isso! O inspetor Poirot, James Bond e até o meu pai — cada um estiloso à sua maneira — já vestiram aventais para pôr a mão na massa). Coloque uma música animada ou prometa a si mesma uma recompensa quando terminar. Faça o que for possível para tornar a experiência prazerosa.

E quando não estiver fazendo o trabalho doméstico...

- Dance! Adoro colocar música para tocar de manhã e dançar com meus filhos. Eles acham bastante divertido, eu dou uma boa malhada e todos rimos. É um bom combustível para o humor.
- Estacione o carro o mais longe possível de seu destino para estimular uma caminhada mais longa.
- Leve o cachorro para passear. Escolha um novo caminho todos os dias para não ficar entediada.
- Sempre prefira as escadas ao elevador.
- Faça levantamentos de perna enquanto assiste à televisão.
- Explore formas alternativas de exercício como ioga, tai chi ou chi kung.

Em resumo, não fique parada. Se você for uma pessoa aberta e criativa, pode incorporar exercícios a quase todos os aspectos da sua rotina diária para complementar ou substituir a malhação na academia.

Récapitulation

- Incorpore exercícios às suas atividades diárias (como comprar comida ou fazer as tarefas domésticas).
- Desenvolva uma imagem corporal positiva. Privilegie as coisas boas do seu corpo.
- Crie um desafio ativo para si mesma todos os dias.
- Explore seu bairro a pé ou de bicicleta.
- Torne seu tempo de lazer mais ativo.
- Não seja preguiçosa! Preguiça não é chique.

Parte 2
Estilo e beleza

Capítulo 4

LIBERTE-SE COM O GUARDA--ROUPA DE DEZ PEÇAS

Quando me receberam pela primeira vez em sua casa, Madame e Monsieur Charme me ofereceram uma xícara de chá e se sentaram para conversarmos e nos conhecermos melhor. Eles perguntaram sobre meus estudos e minha vida nos Estados Unidos e disseram que queriam que eu ficasse à vontade na casa deles. Uma espécie de *"mi casa es su casa"* — só que em francês! Depois que terminei minha xícara de chá, Madame Charme gentilmente perguntou se eu não queria descansar antes do jantar e se ofereceu para me mostrar meu quarto. Eu esperava ansiosamente por aquele momento. Seu apartamento, pelo que eu tinha visto até então, era lindo, e eu tinha certeza de que meu quarto não seria exceção.

Era encantador. Tinha uma cama de solteiro com uma colcha de velu-do verde, imponentes janelas que iam do chão até o teto, de onde pendiam cortinas com estampas botânicas e que proporcionavam uma pitoresca vista do pátio do prédio; uma mesa adequada aos meus estudos e um peque-nino guarda-roupa para eu colocar minhas roupas.

Attendez. Espere aí.

Um pequenino guarda-roupa?

Tudo estava indo tão bem até aquele momento. Lembro que quase entrei em pânico quando olhei para minhas duas enormes malas abarro-tadas. Onde estava o closet? Abri as portas do guarda-roupa — havia ali dentro apenas um punhado de cabides. Então entrei em pânico de verdade. Eu ia ter que guardar todas as minhas roupas ali nos seis meses que ficaria naquela casa?

Não podia acreditar, mas a resposta para aquela pergunta era sem dú-vida alguma *oui*!

Rapidamente aprendi que um espaço tão pequeno era perfeitamente adequado às necessidades da Família Charme. Cada um deles tinha um guarda-roupa de cerca de dez peças. Monsieur Charme, Madame Charme e seu filho tinham roupas realmente boas; eles só precisavam fazer um bom rodízio — várias e várias vezes.

Por exemplo, as peças de inverno de Madame Charme eram basicamente três ou quatro saias de lã, quatro suéteres de caxemira e três blusas de seda. (Madame Charme raramente usava calças.) Ela tinha uma espécie de unifor-me e estava sempre alinhada.

O guarda-roupa de Monsieur Charme consistia de dois ternos cinza, um azul-marinho, dois ou três suéteres e cerca de quatro camisas sociais e algumas gravatas. O mesmo valia para o filho, embora ele raramente ves-tisse ternos — usava principalmente camisas sociais e suéteres. O filho era o único da família que, de vez em quando, usava jeans.

E os membros da Família Charme não eram os únicos parisienses que não precisavam de mais que algumas peças essenciais. Lembro de discutir, consternada, o assunto com meus colegas americanos. Nenhum de nós tinha closet no quarto. O que me levou a me perguntar: os franceses têm um guarda-roupa de dez itens por falta de espaço? Ou será que a falta de espaço no armário era uma consequência de terem apenas dez itens? De uma maneira ou de outra, não importava. Eu tinha que arrumar um jeito de abrigar meu guarda-roupa americano vergonhosamente exagerado pe-los seis próximos meses.

Em Paris, percebi a beleza do guarda-roupa de dez peças. Notei que a maioria dos franceses que eu via regularmente (em geral, meus professores, vendedores e amigos como a Família Bohemienne e, é claro, a Família Charme) vestia as mesmas roupas, alternando-as de forma assumida e com muita classe.

Nos Estados Unidos, as pessoas ficariam com vergonha de usar uma mesma peça de roupa duas vezes na semana, que dirá três. Na França, porém, aquilo não era nada de mais. Na verdade, todo mundo fazia isso!

Comecei a reparar nisso também nos filmes franceses. Enquanto as mulheres nos filmes americanos fazem um número ridículo de trocas de roupa *à la Sex and the City*, nos filmes franceses vemos a protagonista repetindo o mesmo traje pelo menos uma vez. Em filmes americanos, isso seria inadmissível, a não ser que o diretor quisesse mostrar que a personagem é pobre ou está deprimida.

Recentemente, vi o filme francês *Je ne dis pas non*, no qual a personagem de Sylvie Testud veste uma mesma peça — ou as mesmas três peças — durante praticamente o filme inteiro — apesar dos vários meses em que a história transcorre.

Isso tudo me fez pensar. Havia uma diferença drástica entre os guarda-roupas na França e nos Estados Unidos. Já vi uma boa quantidade de guarda-roupas americanos — dos meus amigos, da minha família, os daqueles reality shows sobre acumuladores compulsivos — e percebi um traço comum gritante: *Os guarda-roupas americanos estão cheios até a boca.* Nós temos muitas roupas! Isso é uma coisa boa? Somos mais felizes por causa disso? Será que amamos absolutamente tudo o que está em nossos armários? Qual é a qualidade das roupas que compramos? E o mais importante, por que paramos na frente de nossos guarda-roupas lotados todos os dias de manhã e reclamamos que não temos nada para vestir?

Na volta aos Estados Unidos, decidi organizar meu guarda-roupa de dez peças. O que começou como uma experiência (das mais relutantes) se tornou uma das grandes reviravoltas da minha vida. Muitas pessoas podem se sentir intimidadas com a ideia de ter um guarda-roupa de dez peças e, francamente, não as culpo. Pode ser uma mudança drástica demais passar de um guarda-roupa abarrotado para um com cerca de dez itens essenciais, mas, acredite em mim, esse é um exercício poderoso — mesmo se o fizer por apenas uma semana. Você pode aprender muito sobre si mesma e sobre seu estilo — sobre o que seu guarda-roupa pede, ou o motivo de você resistir a usar suas melhores roupas (tenho uma tendência persistente a "guardar" minhas melhores roupas para depois), e ainda como você se apresenta como pessoa.

A definição de um guarda-roupa de dez peças

Não entre em pânico. Você não precisa ter um guarda-roupa de literalmente dez peças. Lembre-se de que a Família Charme não era do tipo de se estressar por causa de regras que envolvessem dieta ou exercícios e muito menos por seus guarda-roupas. Então faça o que funciona para você. Ter um guarda-roupa de dez peças significa se livrar do armário lotado de roupas que vestem mal, são pouco usadas ou de má qualidade. Seu maior objetivo deve ser criar um guarda-roupa que você ame, com peças que tenham tudo a ver com você, abrindo espaço para as roupas respirarem — acabando com a zona.

Seu guarda-roupa deve consistir de dez peças essenciais, algumas a mais ou a menos, mas esses dez itens não incluem casacos, jaquetas e blazers; vestidos de festa e black tie; acessórios (echarpes, luvas, chapéus, xales); sapatos; e o que eu chamo de camisas de baixo — camisetas, tops ou camisas que você usa sob outras camadas, com um suéter ou blazer. (Acho necessário ter várias delas para evitar lavar roupa quase todos os dias e prolongar a duração de peças mais delicadas como suéteres de caxemira.)

O guarda-roupa de dez peças também deve ser revisado a cada estação e os itens, mudados de acordo com a época do ano. Por exemplo, se você fizer essa experiência durante o verão, não terá três suéteres de caxemira entre suas dez peças. Eles podem ficar guardados, e você pode substituí-los por três vestidos de verão ou por algo que se adapte melhor ao seu estilo de vida.

Desfaça a zona do armário

Para escolher seus dez itens, você deve primeiro arrumar a zona do seu armário. É muito importante limpar efetivamente seu guarda-roupa para que, ao terminar, tenha apenas suas dez peças (mais as extras que já mencionamos) penduradas. É muito fácil pensar que você vai usar suas dez peças durante a experiência, mas vai manter suas outras roupas enfurnadas no fundo do armário "só para o caso" de precisar delas, ou porque é preguiçosa demais e não consegue achar outro lugar para guardá-las. Mas o ato de se livrar de todo o excesso de roupas ou armazená-las em outro lugar é muito poderoso e evita que você trapaceie.

Mergulhei fundo no processo de limpar a bagunça do meu armário e me livrei de setenta por cento do meu guarda-roupa. Para mim aquilo foi uma tremenda conquista. E foi mais fácil do que eu pensava, porque tirei um tempo para analisar cada item. Joguei tudo na cama e examinei cada peça, fazendo-me algumas perguntas-chave que me ajudaram a desapegar.

Questões de análise do guarda-roupa

Eu ainda gosto disto? Em vários casos, eu só estava mantendo a peça porque ela tinha sido muito cara — não porque gostasse de verdade.

Eu já usei isto? Eu tinha muitas roupas que simplesmente não usava. Algumas eu não vestia há dois anos! Eu sabia que nunca as usaria de novo, mas, por alguma razão, não conseguia abrir mão delas.

Isto ainda cabe em mim e favorece meu corpo? As pessoas ganham e perdem peso, têm filhos, envelhecem — os corpos mudam! É importante aceitar sua forma física atual. Você tem que vestir seu corpo atual — não o corpo que já teve ou deseja ter.

Esta peça ainda reflete quem eu sou? Esta é uma pergunta fundamental e, na maioria dos casos, minha resposta foi um sonoro *não*. Eu estava apegada a blusas e saias que tinha comprado aos vinte e poucos anos. (Encontrei até vestidinhos baby-doll — eca!) Muita coisa mudou desde então. Sou esposa e mãe. Meus gostos estão mais refinados e sofisticados. Aquelas roupas não eram apropriadas para o meu *novo* eu.

Entendo que você talvez não esteja pronta para se desfazer de tudo de uma vez. Tudo bem. Depois de podar as peças que sabe que não quer mais, sugiro armazenar as roupas que não estão entre as dez escolhidas em sacos a vácuo ou caixas num outro cômodo. Mantenha-as fora da sua vista. Você pode descobrir que consegue passar um ano inteiro sem pensar nelas, e, nesse caso, provavelmente pode viver sem elas.

Customizando seu guarda-roupa de dez peças

Agora que seu armário não está mais abarrotado, é hora de fazer seu guarda-roupa sob medida. Isso depende de quem você é, onde mora e que estilo de vida leva. É claro que uma advogada de Nova York terá um guarda-roupa de dez peças drasticamente diferente de uma dona de casa do interior.

Pense em como geralmente é o seu dia. Tem reuniões com os sócios? Reuniões de pais e professores? Vai trabalhar em casa? Andar de bicicleta? Também leve em consideração as estações (neve, muita chuva, sol quente?), e, claro, seu estilo e sua personalidade (na moda, minimalista clássica, descolada?).

Meu guarda-roupa de dez peças foi adaptado à minha condição de vida em particular: sou mãe de duas crianças pequenas, mas ainda gosto de estar bem-vestida, então a maior parte do meu guarda-roupa é esportiva com um toque mais arrumadinho. Moro no sul da Califórnia, que tem um clima temperado mesmo no inverno. Passo a maior parte do dia cuidando da casa e das crianças, levando-as para brincar, escrevendo e caminhando. Minhas escolhas para o guarda-roupa de dez peças refletem meu estilo de vida.

Aqui vão alguns exemplos de guarda-roupas de dez peças. Cada item da seleção de roupas pode ser misturado e combinado entre si, criando muitas possibilidades de looks — o que é imprescindível em qualquer guarda-roupa essencial.

Exemplo de guarda-roupa de dez peças para primavera/verão

- regata de seda verde-água
- blusa bege transparente
- camiseta listrada estilo marinheiro
- suéter bege de gola redonda
- cardigã verde-claro
- calça de pregas preta de tecido leve
- bermuda preta de cintura alta
- saia evasê verde-água
- saia lápis cáqui
- jeans branco ou azul-escuro

Exemplo de guarda-roupa de dez peças para outono/inverno

- três suéteres de caxemira, em bege, creme e preto
- três blusas de seda
- uma camisa social branca

- calça escura de lã
- saia de lã preta
- jeans preto skinny ou de boca larga

Minha experiência de um mês

Eis algumas observações que fiz quando decidi apostar na experiência de ter um guarda-roupa com dez peças durante um mês inteiro.

Abrir meu armário de manhã me deixa feliz. Não apenas é maravilhoso ver minhas roupas penduradas direitinho em seu próprio espaço (e não apertadas umas junto às outras), mas também fico extremamente feliz em não ter que pensar no que vou vestir durante o dia. Há tão poucas opções que só levo um minuto para escolher. Além disso, não ter um armário bagunçado melhora muito o meu humor. (Deve ser efeito desse feng shui.)

Meu desejo de comprar não tem sido grande. Não esperava absolutamente por essa reação. Achava que, após a primeira semana com meu guarda-roupa de dez peças, estaria implorando para alguém me levar ao shopping. Mas não. Tem um ponto muito positivo no fato de ter tão poucas coisas penduradas no armário: não tenho a menor intenção de sair correndo e gastar rios de dinheiro para abarrotá-lo novamente tão cedo. Sei que a vontade de comprar vai voltar, mas, quando isso acontecer, espero avaliar futuras compras com um olhar bastante clínico.

Quando de fato faço compras, percebo que agora é libertador. Normalmente nunca volto das compras de mãos vazias. Agora me interesso por peças mais caras e de maior qualidade. Fico mais confortável em olhar vitrines para pesquisar e não para comprar. Sei que minha próxima compra será algo de qualidade e que preciso de um tempo antes de fazer esse investimento.

Determinar quando uma peça de roupa já deu o que tinha que dar se torna mais fácil. Recentemente vi uma mulher de legging se inclinar para abraçar um conhecido. Ela estava em uma sala cheia de gente, e, quando fez aquele gesto, revelou três grandes furos na legging, expondo o traseiro! É óbvio que aquela mulher poderia ter evitado tal situação se tivesse analisado seu guarda-roupa. Com isso, com certeza teria percebido que sua legging já tinha dado o que tinha que dar. A falha do guarda-roupa daquela pobre mulher me assustou e fez com que eu examinasse o meu. Percebi que uma das minhas camisetas "extras" preferidas, que era cinza, estava começando a parecer meio velha. Depois de tantas lavagens, vestia mal e parecia desgastada. Acredito que meu eu pré-guarda-roupa de dez peças teria ignorado esse fato e guardado a camiseta só porque tinha sido meio cara, mas meu eu pós-guarda-roupa de dez peças reconheceu que já era hora de aposentar minha camisetinha cinza — e me livrei dela!

A capacidade de misturar e combinar suas roupas e criar muitas possibilidades de looks é da maior importância. Você deve ser capaz de combinar cada item com todos os outros do seu guarda-roupa de dez peças. Essa é a única forma de evitar o tédio e chegar até a detestar suas roupas, o que levaria você a dizer aquelas palavras bem conhecidas: "Não tenho nada para vestir!"

Se escolher seu guarda-roupa de dez peças com cuidado, você pode se forçar a usar apenas as dez melhores coisas que tiver. Com o tempo, você vai se costumar a fazer isso e parar de guardar o que você tem de melhor para alguma "ocasião especial".

Para preservar suas roupas boas enquanto faz os trabalhos domésticos ou outras tarefas, use um avental. Este era o segredo de Madame Charme para manter suas roupas com uma boa aparência quando fazia vários trabalhos domésticos e até cozinhava.

Deixar a lavagem das roupas para outro dia não é uma opção. Isso pode ser um problema se você estiver em uma semana agitada. Houve uma semana em que fiquei bem atrasada com as tarefas domésticas (inclusive a lavagem das roupas) e meu guarda-roupa estava ficando vazio. Tive que tirar alguns itens da reserva para me virar. Além disso, se for deixar roupas na lavanderia, coordene isso de forma que nem todas as roupas estejam lá ao mesmo tempo. Se não tiver a rotina de lavagem de roupas sob controle, ter mais de dez itens essenciais (20 a 25, por exemplo) provavelmente é a melhor solução.

Se seu orçamento para roupas for baixo, evite gastar demais nos itens essenciais. Você não precisa que todas as suas dez peças sejam investimentos. Guarde os maiores gastos para casacos, sapatos, óculos escuros, bolsas, vestidos de festa, jeans, relógios e joias. Como esses itens durarão muito tempo, a qualidade é da maior importância. Além disso, se todos esses itens forem de qualidade, vão valorizar seu visual de preço médio, fazendo-o parecer bem caro.

Se você ainda está resistindo ao guarda-roupa de dez peças, mas está curiosa quanto aos seus benefícios, experimente-o na próxima vez que for viajar de férias. Deixe a duração da sua viagem determinar o que você vai levar na bagagem. Por exemplo, se for sair para um fim de semana prolongado, leve apenas duas ou três combinações. Se for sair por duas semanas, tente levar um guarda-roupa de dez peças. Você vai experimentar os mesmos benefícios que teria se enfrentasse o desafio em casa e terá muito menos bagagem para carregar (o que sempre é uma coisa boa).

Mais para a frente, você deverá adaptar seu guarda-roupa ao que lhe servir melhor. Se estiver fazendo a experiência ao pé da letra, usando apenas suas dez peças essenciais, e estiver se surpreendendo com os resultados, siga em frente! Se achar que precisa adicionar mais peças a seu armário essencial para que ele realmente funcione para você, tudo bem. O exercício é drástico, e, apesar de Madame Charme e sua família realmente adotarem o guarda-roupa de dez peças, pode ser que isso não seja o ideal para você. Espero que tire o melhor proveito possível do que esse desafio pode lhe oferecer e tenha mais discernimento quanto às roupas que coloca no armário. Você vai olhar para seu guarda-roupa do jeito como olha para sua casa e não permitirá que ele fique bagunçado. Por fim, estará um passo mais perto de definir seu verdadeiro estilo.

Récapitulation

- Desfaça a bagunça de seu armário. Seja radical!

- Guarde em outro lugar as roupas que não forem apropriadas à estação atual.

- Comprometa-se a fazer a experiência do guarda-roupa de dez peças durante um tempo determinado. (Um mês funcionou para mim.)

- Escolha suas dez peças (lembre-se de que isso não inclui roupas de inverno, de festa, acessórios, sapatos e camisetas segunda pele).

- Depois de seguir estritamente a experiência, observe o que funciona e o que não funciona para você e adicione ou subtraia itens conforme a necessidade.

- E o mais importante: curta o processo. O objetivo desse exercício é ajudá-la a amar cada item do seu guarda-roupa e sempre ter algo apropriado e apresentável para vestir.

Capítulo 5

ENCONTRE SEU VERDADEIRO ESTILO

Está se lembrando do dia em que fui comprar comida com Madame Charme? Bem, além de aprender como ela se mantinha em forma visitando lojinhas locais, descobri algo mais naquele dia...

Eu estava bastante contente com minha relação com Madame Charme. Ela ainda era um enigma para mim: por vezes uma mulher formidável, por vezes um tanto intimidadora. Não era calorosa e acolhedora como Madame Bohemienne, mas parecia gostar de mim de verdade. Acho que eu só não estava acostumada àquela formalidade toda. Eu realmente apreciava o tempo que passava com ela, e ela era paciente com meu francês capenga. Naquele dia em que ela me chamou para fazermos juntas as compras, fiquei toda prosa: ela parecia estar me adotando!

Por isso, foi um verdadeiro choque quando, a apenas um quarteirão de casa, ela se virou para mim e disse, sem meias-palavras:

— Esse suéter não cai bem em você.

— *Pardon?* — lembro-me de ter perguntado. Olhei para meu twin-set verde-primavera da Banana Republic, parcialmente encoberto pelo meu casacão de inverno. Com certeza eu não tinha ouvido direito.

Ela repetiu.

— Acha mesmo? — perguntei, dessa vez em inglês. Estava meio magoada. — Mas é de seda e caxemira!

— Não é a qualidade que me incomoda, Jennifer — retrucou Madame Charme, dando uma boa olhada no meu ofensivo twin-set. — É a cor. Não combina nada com você. Você fica apagada. Parece até que está... doente.

Ui! Lembro que pensei "pareço doente?". Fiquei chocada com o fato de Madame Charme ter sido tão direta. Meus amigos e eu *sempre* dizíamos uns aos outros que estávamos bem-vestidos. E se alguém não estivesse com um visual legal? Não dizíamos nada. (Afinal, se você não tem nada de bom para dizer...) *Mon Dieu*, se Madame Charme teve coragem de me dizer aquilo, eu devia estar *terrible*!

Ela podia ver meu ar cabisbaixo.

— Não fique chateada, Jennifer! — disse ela. — É só uma observação. Como mulher, você deve saber que cores ficam melhor em você. Como vai saber se ninguém lhe disser?

É, isso era verdade. Olhei de novo para meu twin-set. Eu o tinha ganhado de presente de uma amiga. Não gostava particularmente da cor. Não o teria comprado para mim. Pensando bem, eu jamais teria escolhido um twin-set. Twin-sets não tinham a minha cara. Mas aquele não custou nada... Foi um presente! E era um misto de caxemira e seda da Banana Republic!

Perguntei a ela, incerta:

— Que cores você acha que *ficariam* bem em mim? Verde não, obviamente.

— *Mais pas du tout!* — exclamou Madame Charme. — Você ficaria uma graça em verde-esmeralda, verde-menta, verde-água... mas não nesse tom em especial. — Enquanto dizia aquilo, ela olhou de novo para o infeliz twin-set. Decidi abotoar o casaco para evitar mais olhares de pena.

Além disso, Madame Charme garantiu que eu ficaria bem em beringela, azul-royal, vermelho-rubi, preto, creme, ameixa, lavanda, melão e salmão. Na verdade, ela me disse que eu ficaria ótima na maioria das cores, exceto alguns amarelos e aquele verde-primavera!

Minha gélida barreira de defesa começou a derreter quando Madame Charme proferiu mais uma pérola de sabedoria antes de atacarmos o caos dos mercados parisienses. Ela disse:

—Você deve prestar muita atenção ao que realça sua beleza e ao que a esconde. Isso é importante para toda mulher.

Acredite ou não, até então eu nunca havia pensado em realçar minha beleza com roupas. Eu era como eu era. Não tinha uma autoimagem negativa, mas nunca havia realmente parado para pensar em fazer escolhas de estilo que me favorecessem, deixando-me mais bonita. É claro que isso passa pela cabeça de qualquer um quando vai comprar roupas — todos querem ter boa aparência. Mas *quanto* pensamos no que vestimos? Usamos roupas só para não ficar com frio (ou não ser presas por atentado ao pudor)? Ou nos vestimos como uma arte — parte de um ato de sedução não apenas para o sexo oposto, mas para nós mesmas, para ficarmos atraídas pela própria beleza? E o que esconde nossa beleza? Sabemos que coisas são essas? Ou precisamos que uma Madame Charme nos diga?

Por que vestimos o que vestimos?

Então mais tarde, naquela noite, fiquei pensando. Em primeiro lugar, por que eu estava usando aquele twin-set? Eu nem gostava particularmente de twin-sets... Nem daquele verde-sopa-de-ervilha — que era a cor do twin--set (isso mesmo, na minha cabeça, ele havia passado de verde-primavera para verde-sopa-de-ervilha). Acho que só o usava por tê-lo ganhado de presente, mas certamente essa não podia ser a *única* razão, podia? Talvez eu precisasse ser mais seletiva com o que vestia.

Nos dois primeiros capítulos deste livro, recomendei que você tirasse um tempo para realmente pensar na comida que consome. Faz sentido ser igualmente cuidadosa com as roupas que veste. Em outras palavras, se você se preocupa em comer apenas os melhores alimentos, então também deve ser seletiva com o que adorna seu corpo. Por que vestir algo que não ache incrível — que não fale sobre sua essência ou represente seu verdadeiro estilo?

Frequentemente, caímos na armadilha de guardar roupas e usá-las por razões erradas. Talvez por termos ganhado aquela peça de uma pessoa querida nos sintamos culpadas por não usá-la. Tem também aquelas roupas que compramos sem pensar direito e, para não desperdiçar o dinheiro gasto, acabamos usando mesmo sem gostar delas. E tem ainda aquelas que queríamos muito que caíssem bem porque são parte de uma moda que admiramos ou porque ficam bonitas em uma modelo ou celebridade. Nenhuma dessas razões é a razão certa.

Devemos vestir roupas apenas porque gostamos muito delas, porque caem bem em nós e nos dizem algo. Não se pode fazer concessões.

Defina seu estilo

Minha conversa daquele dia com Madame Charme fez com que eu percebesse que precisava aprimorar meu senso estético. Até então, meu armário caótico abrigava um guarda-roupa bastante esquizofrênico, uma mistura de estilos que ia do despojado à patricinha, ao urbano e sabe-se lá o quê mais.

As francesas realmente parecem conhecer seu estilo e o atrelam às suas vidas com maestria. Madame Charme tinha um visual próprio. Seu estilo era clássico e conservador. Ela gostava de suéteres de caxemira, saias evasê, sapatos de salto baixo ou sem salto. Parecia completamente confortável e tranquila com esse visual. Não fazia esforço algum.

O estilo de Madame Bohemienne também era bem pessoal. Ela adorava (adivinha?) o estilo despojado, com saias esvoaçantes e camisetas de mangas três quartos ou sem mangas. E raramente mudava esse visual. Aquelas duas mulheres sabiam quem eram e estavam completamente confortáveis com isso. Não consigo imaginar nenhuma das duas sofrendo na frente do armário por não conseguir decidir o que vestir.

Consciente ou inconscientemente, Madame Charme e Madame Bohemienne haviam definido seus verdadeiros estilos. Madame Charme não era do tipo de experimentar modas. Não era o estilo dela. Imagino que isso simplificasse sua vida em termos de vestimenta. Ela sabia o que lhe caía bem, que roupas a deixavam confortável e — como ela ressaltou tão diretamente na nossa caminhada — o que realçava sua beleza. Eu tinha a sensação de que ela amava cada peça do seu guarda-roupa.

É tudo uma questão de etiqueta (mas não do tipo que você está pensando)

Amar todas as peças de seu guarda-roupa é algo que você pode alcançar se, como Madame Charme, conseguir definir seu verdadeiro estilo. Vamos tentar um exercício. Você conseguiria definir seu estilo em uma ou duas palavras?

Colar uma etiqueta ao seu estilo é uma forma poderosa de descobrir quem você é em termos de estilo. Algumas pessoas podem se sentir desmotivadas ao afixar uma etiqueta em seu visual, mas um estilo pode ser qualquer coisa, de clássico a moderno ou eclético. Não se preocupe. Nada é definitivo. Você pode mudar sua etiqueta a qualquer momento.

Se você for rebelde em termos de moda e gostar de um visual não convencional e de alta-costura como o da atriz chinesa Fan Bingbing ou o da editora de moda Isabella Blow, sua etiqueta poderia ser *excêntrico chique*. Se gostar de um visual sofisticado e elegante como o da duquesa Kate Middleton, você pode dar ao seu visual a etiqueta de *feminino chique*. Seja criativa ao etiquetar seu visual. Você não tem que se ater às etiquetas genéricas que todos já ouvimos (como descolada ou patricinha). Sua etiqueta pode ser única!

Por exemplo, eu definiria meu estilo atual como *luxuoso descontraído*. Descontraído porque moro na Califórnia e gosto de usar roupas esportivas e casuais com um toque arrumadinho. O luxo vem do fato de eu gostar de texturas requintadas como seda, caxemira ou algodão ultramacio e de combinar minhas roupas (predominantemente minimalistas) com minhas melhores joias. Além disso, minha família e eu passamos alguns meses por ano na Europa (principalmente na Inglaterra), então meu guarda-roupa casual da Califórnia tem que funcionar também em meio à arrumada vida londrina. Um visual típico para mim seria jeans skinny, sapatilhas, um blazer cinturado e uma blusa de seda, ou um vestido de jérsei com sandálias enfeitadas e uma echarpe volumosa. Nesses dois exemplos, o jeans e o vestido de jérsei são elementos descontraídos, e o blazer, a blusa de seda, as sandálias e a echarpe são elementos de luxo. Será que *luxuoso descontraído* existe como termo técnico na moda? Não faço ideia. Mas uso essa expressão para definir meu estilo.

Faça também sua pesquisa observando figuras públicas ou pessoas que você vê na rua. Quem influencia e inspira seu visual? Em termos de estilo, sou influenciada por Sofia Coppola, Audrey Tautou, Marion Cotillard, Michelle Williams e Kate Middleton.

Quando definir a etiqueta para seu estilo, você pode pesquisar e descobrir que estilistas suprem seu visual. Por exemplo, se você definir seu estilo como chique feminino e gostar de usar casacos de alfaiataria, vestidos elegantes e terninhos, suas marcas favoritas podem ser Nanette Lepore, Catherine Malandrino, Diane von Furstenberg e Jenny Packham. Para compor meu visual luxuoso descontraído compro muitas roupas na A.P.C, BCBG Max Azria, Diane von Furstenberg, Ferragamo, James Perse, J Brand, J.

Crew, London Sole, Nanette Lepore, Rebecca Taylor, Velvet e Vince (entre outras). Sei que, quando entro em uma dessas lojas, provavelmente encontrarei algo que vai se adequar direitinho ao meu guarda-roupa.

Apresentando-se para o mundo

Ao definir seu estilo, você decide como quer se apresentar ao mundo. Depois de achar uma etiqueta para seu estilo, você pode descobrir que ela não representa realmente seu eu atual. Por exemplo, se seu estilo era de patricinha quando estava na faculdade, mas já se passaram dez anos e você se sente entediada com o uniforme de camisas polo e calças de linho, pode estar na hora de explorar estilos diferentes. Acredito que a cada dez anos (pelo menos!) devemos reavaliar nosso visual. Certamente o que uma mulher vestia aos vinte e poucos anos não seria apropriado aos 45. Conforme envelhecemos, tornamo-nos mais sábias, mais sofisticadas e (espera-se) mais abastadas. Nossas roupas devem refletir isso.

Etiquetar seu estilo também pode ajudá-la a evitar comprar peças que não combinam com nada. Todas já compramos uma peça que não casa com o resto das roupas que temos. Você descobre que fez isso quando começa a pensar que precisa comprar outros itens para usar com aquele. É claro que, em primeiro lugar, a razão daquilo não funcionar é que tal peça de roupa não faz seu estilo.

Agora que defini meu estilo verdadeiro, economizo muito tempo e dinheiro. Basicamente ignoro o que está na moda e permaneço fiel ao que conheço e gosto. Comprar roupas é uma alegria. Eu simplesmente vejo o que minhas marcas preferidas lançam a cada estação e compro umas peças--chave para melhorar e complementar meu guarda-roupa.

Conhece-te a ti mesmo

Respondo à pergunta que fiz anteriormente: *não* precisamos de uma Madame Charme para nos dizer o que esconde nossa beleza. Todas *sabemos* qual é nosso estilo — o que nos faz sentir bem. Quando vesti aquele twin-set verde, eu sabia, lá no fundo, que aquilo não era para mim. Não me sentia bonita com ele. Mas decidi guardá-lo e usá-lo, por uma série de razões erradas. A vida é curta. Cada dia é tão importante, por que então desperdiçá-lo vestindo algo que não tem a ver com *você*?

Todos os dias, nossos instintos nos ajudam a tomar as decisões certas — em quem confiar, que caminho tomar, o que comer no almoço. Também temos esses instintos em relação às roupas. A questão é: você não dá bola para seu instinto? E se não dá, por que age assim?

Por exemplo, talvez você viva em um clima frio e seu guarda-roupa consista principalmente de peças de cores escuras como preto, azul-marinho e cinza, porque você acha que são cores apropriadas para o inverno. Você pode ser louca para vestir cores vibrantes, mas se descobre dando todos os tipos de desculpas para usar cores escuras: "Não quero chamar muita atenção na rua usando um casaco vermelho em um mar de preto." Ou: "Preciso usar cores escuras porque não vão manchar tão facilmente se eu pisar numa poça no caminho para o trabalho." Ou ainda: "Ouvi dizer que as pessoas parecem mais chiques quando vestem preto."

Você pode estar ouvindo essas desculpas mais do que seu instinto, que, na verdade, está dizendo: "Eu ficaria mais feliz e mais bonita usando cores vibrantes." Se esse exemplo lhe diz alguma coisa, faça uma experiência e siga seu instinto. Tente perceber o que você realmente quer comunicar com seu visual. Ao se conhecer e realmente escutar sua voz interior, você pode começar a abraçar sua beleza única.

Bien dans sa peau

A expressão francesa "*bien dans sa peau*" significa estar "confortável na sua pele". Muitas mulheres que observei na França incorporavam essa expressão. Elas eram confiantes e não faziam grande esforço. Madame Charme e Madame Bohemienne eram *bien dans leur peau*. Mesmo sendo extremamente diferentes, cada uma delas desempenhava seu papel na vida com tranquilidade e graça. Elas não pareciam neuróticas com relação a nada. Tenho certeza de que tinham seus dias ruins como qualquer pessoa, mas de modo geral incorporavam felicidade e estabilidade. Acredito que conhecer seu estilo e ser fiel a ele contribui para esse estado sublime — de não se sentir constrangida. De não ficar criticando a si mesma. De ter uma atitude positiva e se sentir bonita.

Récapitulation

- Só use roupas porque gosta muito delas, porque caem muito bem em você e refletem quem você é.

- Defina seu verdadeiro estilo para se guiar durante as compras.

- Pense em como você quer se apresentar para o mundo cada vez que se vestir.

- Ouça seu instinto sobre seu estilo. No fundo, você sabe se algo funciona ou não.

Capítulo 6

Aperfeiçoe o visual
cara lavada

Em Paris, eu adorava sentar numa cafeteria durante horas para tomar um café com creme e assistir às pessoas passando. Era divertido observar os franceses (por diversas razões), mas eu gostava mesmo era de observar as mulheres — que, em sua maioria, pareciam iluminadas, com um ar bem natural. Estariam ou não maquiadas? Era difícil dizer, mas suas maçãs do rosto tinham um brilho natural, seus olhos eram levemente definidos e seus lábios geralmente tinham um tom bonito, terroso. Elas tinham, essencialmente, um visual cara lavada.

Tanto Madame Charme quanto Madame Bohemienne faziam uso do visual cara lavada — como a maioria das francesas. Madame Charme, por exemplo, tinha um brilho que não era nem um pouco forçado.

Nunca consegui ter certeza de que ela estava usando maquiagem. Eu sabia que ela usava batom. Madame Charme já tinha uma certa idade e usava batom para iluminar o rosto. Ela geralmente usava vermelho nos lábios, mas, às vezes, também passava rosa-claro. Ocasionalmente usava máscara para cílios para acentuar e definir os olhos. Mas o fato de eu não conseguir dizer se ela estava usando maquiagem era a prova de sua habilidade ao aplicá-la. Seu rosto parecia limpo e saudável. Acho que, se ela usava batom e máscara para cílios, também devia usar base e provavelmente blush. Suas maçãs do rosto sempre aparentavam um ar saudável, mas aquilo podia ser fruto do seu estilo de vida ativo — é impossível saber!

Madame Bohemienne também empregava o visual cara lavada. E como seu estilo era menos chique e mais, digamos, despojado, é bem possível que ela realmente não usasse maquiagem. Seu tom de pele era uniforme, seu rosto, luminoso, e, também nesse caso, não era possível afirmar que ela realçasse sua beleza com maquiagem. Ela adorava batom rosa, mas essa era a única maquiagem que eu conseguia detectar.

O mistério é a própria essência do visual cara lavada — toda a sua raison d'être. A mulher que o utiliza parece arrumada, mas completamente natural. É um visual que diz: "Tenho mais o que fazer com meu tempo do que passar uma hora meticulosamente aplicando maquiagem! Tenho lugares para ir e coisas a conquistar. Tenho uma vida!" Mas essa mulher também se preocupa com a maneira como se apresenta para o mundo. Sabe que parecer misteriosa, mas naturalmente bonita, contribui para seu encanto.

Adoro a ideia do visual cara lavada e o adotei incondicionalmente, pois, antes de descobri-lo, maquiagem era algo que me intimidava um pouco. Ou eu usava muita (para sair à noite) ou nenhuma; não havia meio-termo. Na verdade, eu nunca soube como usar maquiagem durante o dia.

Então comecei a experimentar e fazer minha pesquisa. Eu queria um visual para o dia a dia que realçasse sutilmente minha beleza — conferindo-me uma certa luz e aumentando minha confiança. Queria que a aplicação fosse rápida e fácil — algo que eu tivesse segurança para fazer todos os dias. Queria que o visual fosse extremamente natural — tão natural que as pessoas chegariam a se perguntar, ao olhar para mim, se eu de fato estava usando maquiagem. Em suma, eu só queria estar *ótima*.

Comecei a experimentar esse visual diariamente quando morava em Paris. Tentei copiar as mulheres de rostos viçosos que eu via todos os dias, e continuo a cultivar e a refinar esse visual até hoje.

O visual cara lavada

A seguir, minhas três variações favoritas, observadas quando morei em Paris.

Au naturel

Esse visual é muito sutil. Ele inclui uma base leve para uniformizar a pele (pode ser em pó ou hidratante com tonalizante), blush, máscara para cílios e batom ou gloss neutro. É o suficiente para lhe dar um aperfeiçoamento bonito e profissional, mas também completamente natural. Em pouquíssimo tempo, você aplica essa maquiagem e adquire um ótimo visual para o dia a dia — para quando você só quer se sentir arrumadinha. O visual *au naturel* é perfeito para um compromisso profissional, como entrevistas de emprego, e também para aventuras cotidianas, como fazer compras.

Olhos definidos

Essa variação é caracterizada por olhos definidos e lábios neutros. Ela usa os mesmos produtos que o *au naturel*, mas adiciona meu produto preferido de maquiagem: delineador. Este visual é bem jovial, muito parisiense e sugere que quem o adota é mais chique que as pessoas normais. Ela simplesmente levantou da cama, prendeu os cabelos, passou um pouco de delineador e saiu para seu dia! (Particularmente, demoro um pouco mais para ficar pronta, mas você entendeu a ideia.) O visual dos olhos definidos é ótimo para visitar museus, ir ao cinema, a shows informais ou enfrentar qualquer aventura artística. Use-o quando quiser parecer misteriosa. (Acentuar os olhos sempre desperta o lado misterioso de uma mulher.)

Lábios definidos

Essa variação conta com lábios definidos (vermelhos, talvez?) e olhos neutros. Ela inclui pó, blush, um batom ousado (rosa forte, lilás ou vermelho) e olhos neutros (nada de sombra, só máscara para cílios com delineador opcional). Esse visual é mais romântico e claramente atrai atenção para a boca. Perfeito para quando você estiver apaixonada, ou queira se sentir extravagante ou quem sabe aventureira. Ele também sugere que você tem mais o que fazer do que se maquiar cuidadosamente todos os dias, mas que é feminina o suficiente para não esquecer o batom! O visual de lábios definidos é ótimo para um primeiro encontro (ou qualquer encontro!) ou outra ocasião em que sinta vontade de pôr cor no rosto. Na depressão do inverno, sua moral pode ser elevada ao usar um tom vibrante (como fúcsia).

Adapte seu visual cara lavada a suas roupas

Ao escolher a roupa do dia, você também pode decidir qual versão do visual cara lavada vai usar. Sua maquiagem deve ser adequada ao estilo da sua roupa. Por exemplo, se seus planos para o dia consistem em fazer compras para a casa e estiver vestindo uma blusa informal, calça capri e sandálias, você pode usar o visual *au naturel* — um toque de base em pó, um pouco de máscara para cílios, blush e um batom neutro. Você se sentirá arrumada e satisfeita com sua aparência, especialmente se cruzar com alguém enquanto faz as compras (o que *sempre* acontece comigo). Mesmo que não vá cruzar com pessoas conhecidas, é legal simplesmente parecer bem para se sentir bem. Nem sei dizer quantas vezes saio para lugares públicos e fico admirada com o visual de um completo estranho. Fico doida para dizer à pessoa: "Você está linda (ou lindo) e me inspirou." Seja *essa* pessoa quando estiver fazendo compras para a casa ou em qualquer atividade informal.

Se estiver usando roupas que sejam um pouco mais divertidas, ousadas ou artísticas, o visual de olhos definidos combina que é uma maravilha. Se estiver vestindo uma blusa bem feminina, os lábios definidos são perfeitos. Combine a maquiagem com suas roupas.

Um visual de dois minutos

Esse visual é para dias bem informais ou para quando você realmente estiver sem tempo. É a versão básica do visual *au naturel* descrito acima. Para mim, o visual de dois minutos consiste em três coisas:

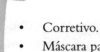

- Corretivo.
- Máscara para cílios.
- Cor para os lábios.

p/ carregar na bolsa

Corretivo

Todas nós podemos tirar proveito do uso do corretivo. Eu, por exemplo, gosto de usá-lo porque tenho olheiras que infernizam tantas mães de crianças pequenas. Também tenho algumas veias aparentes na bochecha direita e ocasionalmente aparecem umas manchas ou espinhas que precisam ser cobertas.

O objetivo do visual de dois minutos é uniformizar seu tom de pele. Sugiro ir à sua loja de cosméticos preferida e trabalhar com um profissional para descobrir o tom certo de corretivo para você. Se escolher por conta própria, pode conseguir um tom bem aproximado da sua pele, mas um profissional com certeza vai saber indicar o tom perfeito — que literalmente se mistura com a sua pele, tornando o corretivo invisível. E o mais importante é que o corretivo pareça invisível; caso contrário, em vez de esconder as áreas problemáticas, você vai torná-las mais evidentes!

Passe o corretivo onde for necessário. Olhe para seu rosto sob luz natural para se assegurar de que o aplicou corretamente. Muitas vezes aplicamos nossa maquiagem de acordo com a iluminação do banheiro ou da penteadeira e depois descobrimos que não o aplicamos corretamente para a luz natural.

Máscara para cílios

Se tiver tempo, curve seus cílios. Se não tiver tempo, não tem problema. Simplesmente aplique uma camada de sua máscara para cílios preferida. Quanto menos camadas, mais natural será o visual. Gosto do efeito da máscara, então uso pelo menos três camadas em cada olho. Ela tonaliza e define seus olhos rapidamente, iluminando seu visual. Minha máscara preferida é a Chanel Inimitable Intense preta.

Cor para os lábios

A cor para os lábios vai da manteiga de cacau até batom ou gloss. Use o que tiver vontade de usar e der tempo de aplicar. Não importam as condições climáticas, sempre tiro um tempinho para hidratar meus lábios. Lábios secos e rachados nunca têm uma boa aparência. E um gloss sutil, ou mesmo manteiga de cacau incolor, é suficiente para adicionar um pouco de luz ao seu visual. Geralmente não uso cores muito fortes quando faço meu visual de dois minutos porque acho que não combina muito comigo, mas se você se sentir inspirada a usar uma cor ousada, vá em frente!

Um visual de cinco a dez minutos

Todas as três variações do visual cara lavada podem ser alcançadas entre cinco e dez minutos; é só você escolher. Um visual de dez minutos geralmente consiste em:

- Corretivo.
- Base.
- Blush.
- Produto para as sobrancelhas.
- Delineador (opcional).
- Máscara para cílios.
- Cor para os lábios.

Corretivo

Veja o visual de dois minutos.

Base

Depois de aplicar o corretivo, passe a base para uniformizar ainda mais seu tom de pele. Gosto de usar maquiagem mineral, pois é fina e leve. Também já usei hidratantes com cor e outras bases líquidas leves. Recomendo que você vá a uma loja de cosméticos e consulte um profissional para descobrir qual base é a certa para sua pele. Se tiver a pele bonita ou não gostar de usar base, pode pular esse passo. Pessoalmente, acho necessário usar base quando faço visuais mais elaborados, pois me sinto levemente exposta sem ela. Se eu estiver usando blush e delineador, por exemplo, sem base, sinto como se estivesse com uma blusinha e sapatos maravilhosos, mas sem calças! As bases de hoje não são como as de antigamente — não precisam ser coberturas de bolo que escondem sua verdadeira pele. Encontre uma transparente, que complemente sua pele e revele as belas cores e tons do seu rosto. Depois de aplicar a base, gosto de finalizá-la com uma camada leve de pó compacto translúcido para me assegurar de que minha maquiagem está pronta. Minha base preferida, que uso há anos, é a Bare Minerals matte em bege médio. Também gosto do hidratante com cor Hourglass Illusion em bege. As duas bases vêm com protetor solar.

Blush

Adoro blush. Isso é algo recente. Nunca soube muito bem como usá-lo e achava que com ele ficaria parecendo uma garotinha brincando de se pintar. Mas uma corzinha nas bochechas pode aquecer o rosto e realmente acentuar seu tom de pele. O segredo do blush é aplicá-lo corretamente. Você não quer ver linhas e traços. Há tantas opções de blush — em pó, líquido, creme, gel, entre outros. Escolha uma cor que você adore e inspire paixão. Afinal, bochechas coradas são a essência da paixão e do romance. Aplique a cor nas bochechas e espalhe, espalhe, espalhe, para obter um visual mais natural.

Produto para as sobrancelhas

Se você tem problemas com suas sobrancelhas (se elas são ralas, não uniformes, finas demais ou de comprimentos diferentes), pode resolver isso ao escová-las e preenchê-las com a cor certa. Quase todas as marcas de maquiagem têm produtos para elas. Gosto de usar pó para as sobrancelhas. Tenha certeza de que está escolhendo a cor exata. Você não vai querer que fiquem escuras demais (deixando-a com cara de zangada!) nem claras demais. Para o tom certo, peça a opinião de um profissional. Preencha suas sobrancelhas suavemente para que pareçam cheias e naturais.

Delineador

Passe um delineador (minha maquiagem favorita) quando quiser utilizar a versão de olhos definidos do visual cara lavada. Esse é o visual que mais uso. Se os olhos são as janelas da alma, o delineador adiciona cortinas a essas janelas! Antes de aplicar o delineador (ou qualquer maquiagem nos olhos), sempre uso um primer. Minhas pálpebras tendem a ficar oleosas durante o dia, manchando minha maquiagem, e o primer a mantém impecável o dia inteiro. Então, depois de aplicar suavemente um primer nas pálpebras, passo o delineador. Para uma definição simples e um visual natural, na maior parte dos dias, uso delineador marrom. Como sou morena de olhos verdes, acho que marrom fica mais natural em mim do que preto. Algumas mulheres usam delineador preto e ficam *fantásticas*, mas em mim acho um pouco forte. Escolha a cor certa para você e divirta-se experimentando! Nos dias em que me sinto mais ousada e artística, uso delineador preto. Quer você use delineador em lápis, líquido, gel ou pó, faça-o com a mão firme. A prática traz a perfeição.

Máscara para cílios

Veja o visual de dois minutos. A máscara deve ser aplicada depois do delineador ou qualquer outra maquiagem que você use nos olhos.

Cor para os lábios

Se você prefere definir os lábios a realçar os olhos, escolha uma cor e um tipo de produto. Há muitas opções: batons, glosses, lápis de boca grossos, manteiga de cacau colorida. Mesmo quando quero definir meus lábios, ainda gosto de parecer um pouco natural. Geralmente, só dou batidinhas com um pouco de batom para ficar com um visual natural e corado. Algumas de vocês pode querer aplicar lápis de boca e uma cor ousada como vermelho. Ou talvez um gloss rosa-claro seja suficiente. Experimente o que combina com sua personalidade e com a roupa do dia. Para as senhoras, uma cor ousada nos lábios pode realmente trazer luminosidade ao rosto. Sempre fico deslumbrada com a bela apresentadora francesa Marie-Ange Horlaville, do programa *Nec Plus Ultra* na TV5 Monde. Ela é uma mulher de uma certa idade e é mais bonita e estilosa que muitas apresentadoras mais jovens. Madame Horlaville sempre usa batom vermelho vivo — tão glamoroso, esse é o exemplo perfeito da versão lábios definidos do visual cara lavada. Madame Charme também usava cores fortes nos lábios — rosa-escuro ou vermelho. O choque de cor realmente iluminava seu rosto.

Um visual de quinze minutos

Este é para quando você tem um evento especial ou apenas quer exaltar seu visual. Você vai precisar gastar quinze ou vinte minutos para compor esse visual, que emprega tudo o que mencionamos nos visuais anteriores, mais sombra. Geralmente quando se usa sombra, os olhos estão definidos e a cor dos lábios deve ser neutra.

Sombra

Aplique a sombra primeiro (sobre um primer), antes de qualquer outra maquiagem. Se cair pó de sombra na sua pele, você pode facilmente limpá-la sem arruinar a base. Quando usada adequadamente e com bom gosto, a sombra pode realmente realçar os olhos e criar um visual misterioso e sexy. Geralmente não sou fã de sombras de cores berrantes. Lembre-se de que esse ainda é o visual cara lavada! Gosto de olhos naturais e esfumaçados. Como tenho olhos verdes, as cores que me caem melhor são tons de marrom-acinzentado e ameixa. Descubra as cores que ama e ficam ótimas com seus olhos. Se for como eu e se sentir intimidada ao combinar tons de sombra, compre aquelas que vêm em duos ou quartetos de tons que se complementam, oferecidas pela maioria dos fabricantes. Também ajuda ter pincéis diferentes para cada tom, mas isso não é totalmente necessário, já que você sempre pode usar o aplicador que vem com a sombra. O importante é ter um pincel para esfumar. Isso é imprescindível. Espalhar bem a sombra é a chave para criar um visual natural e bonito. E lembre-se: antes de aplicar a sombra, sempre passe um primer para maior duração.

Uma palavra sobre sprays finalizadores

Sprays finalizadores são maravilhosos para o visual cara lavada (ou para qualquer maquiagem). Borrifar um spray finalizador ao final da maquiagem pode fazê-la durar por várias horas sem que você tenha que fazer nenhum retoque. Uso spray finalizador todos os dias — sinto que minha rotina de beleza fica incompleta sem ele! Além disso, não preciso levar meu estojo de maquiagem para todo canto para o caso de precisar de um retoque de emergência. Com um spray finalizador, isso não é necessário! Gosto do finalizador Skindinavia Original, mas há vários outros no mercado. Experimente amostras e descubra o melhor para você.

Récapitulation

- Para o dia a dia, crie um visual cara lavada que exija pouca manutenção, com isso vai estar sempre com boa aparência.
- Use o visual *au naturel* para uma beleza revigorada.
- Use a técnica dos olhos definidos para conferir dramaticidade natural ao visual.
- Use o visual dos lábios definidos quando quiser se sentir ousada ou romântica.
- Encaixe na agenda um horário para passar maquiagem.
- Tenha em mente suas roupas e atividades diárias quando decidir que maquiagem usar.
- Consulte profissionais sempre que possível para escolher as melhores nuances para seu tom de pele.
- Use um spray finalizador para manter a maquiagem no lugar. (Retocar a maquiagem em público não é chique!)
- Divirta-se experimentando e não se esqueça de mudar um pouco de vez em quando...

Capítulo 7

CUIDE DA SUA PELE

Quando eu estudava em Paris, minha aula preferida era história da arte. Ela era ministrada pelo Professor Impecável. (Obviamente esse não era seu nome real, mas, como fiz com Madame Charme e Madame Bohemienne, não resisti a lhe dar um apelido que era sua cara). O Professor Impecável era um britânico que tinha ido morar em Paris. Era um ávido observador, estudante e professor da arte francesa e possivelmente o mais culto e interessante professor da minha vida universitária. Chamo-o de Professor Impecável porque ele tinha padrões altíssimos em relação à beleza. Era um conhecedor da arte e considerava a estética extremamente importante.

Nas aulas das segundas-feiras, ele passava uns slides de algumas das pinturas mais famosas do mundo. Então, o Professor Impecável contava histórias fascinantes envolvendo drama, intrigas e licença poética. Às quartas, íamos a algum dos muitos museus célebres de Paris para ver as obras de arte que tínhamos estudado na segunda.

Certa quarta de manhã, enquanto eu me arrumava para a aula, fiquei apavorada ao ver que uma enorme espinha tinha aparecido no meio do meu nariz.

Durante toda a adolescência e a vida adulta, lutei contra as espinhas. Elas pareciam surgir do nada! Pois tinha acabado de aparecer uma, e das grandes, sem qualquer aviso — e essa não era o tipo de espinha que se pode cobrir facilmente e ignorar até que desapareça.

Eu ainda não havia descoberto as maravilhas do visual cara lavada e não tinha um corretivo à mão. Agora sei que a regra número um quando se trata de espinhas é *não toque,* e a número dois é *esconda-a levemente até que vá embora.* Eu não conhecia essas regras na época e espremi e cutuquei a terrível espinha na esperança de que ela simplesmente sumisse. Mas não sumiu. Ela só ficou maior. E mais vermelha.

Eu estava atrasada. O encontro da turma era no Museu D'Orsay para ver *Le Déjeuner sur l'herbe*, de Manet, uma das minhas pinturas favoritas. Eu não perderia aquilo por causa de uma simples espinha, então decidi empregar a eficaz ferramenta da negação e seguir com meu dia.

A aula foi fascinante, como sempre. Adorei aprender sobre minhas pinturas favoritas e me diverti imensamente. Quando a aula acabou, aproximei-me do Professor Impecável para lhe fazer uma pergunta sobre uma das pinturas que havíamos visto. Esperei que outro aluno terminasse de falar com ele e fui até lá. No meio da minha pergunta, percebi que o Professor Impecável não estava me ouvindo. Estava me olhando, mas não fitava meus olhos. Seu foco era meu nariz, e lembrei mortificada que havia uma enorme espinha ali. Humildemente, terminei minha pergunta e o Professor Impecável pareceu aproximar-se para examinar a espinha mais de perto. Então disse, depois de um momento (e depois de eu ter diminuído bastante sob seu olhar):

— Desculpe, mas qual era mesmo a sua pergunta?

Depois desse dia, comecei a observar a pele das francesas — inclusive de Madame Charme e Madame Bohemienne. As duas tinham peles limpas e bonitas. Nenhuma delas tinha grandes rugas, pelancas, manchas de sol ou (será que preciso dizer?) espinhas. Pensando bem, todas as minhas professoras francesas também tinham peles bonitas. Assim como a moça que trabalhava na tabacaria e a do café... Qual seria o segredo de suas peles radiantes?

As francesas são conhecidas por cuidar bem da pele. E não apenas da pele do rosto. Todas já ouvimos falar dos cremes anticelulite e dos que mantêm o pescoço e o colo firmes. A famosa frase *"bien dans sa peau"* se refere tanto a uma pele bonita quanto ao corpo e à alma como fontes de segurança e de certa tranquilidade.

O cuidado com a pele é o aspecto mais importante da beleza francesa. Afinal, se é para se sentir confortável na própria pele, é bom que ela esteja em suas melhores condições! Pele boa é um símbolo de status, e, graças às inúmeras opções disponíveis na França (cremes para o rosto, para áreas específicas ou massagens), quase qualquer uma pode conquistá-la.

L'eau é a solução

Você deve beber muita água se quiser ter a pele boa. Muitas francesas bebem um copo grande de água antes de ir para a cama e outro quando acordam — e vários outros durante o dia. Adotei essa prática depois de morar na França. É muito fácil passar o dia sem beber água suficiente. Se criar o ritual de beber um copo grande antes de ir para a cama e outro ao acordar, você começa o dia hidratada e reforça o hábito de beber água durante o dia.

Você não precisa de tantos frappuccinos, bebidas de soja, sucos e chás para passar o dia. Não estou sugerindo que abandone todos eles, mas que torne a água sua principal bebida ao longo do dia. (Observe que essa também é uma técnica para permanecer magra. Todas aquelas outras bebidas têm calorias que você poderia dispensar.) Madame Charme bebia principalmente água. Ela tomava uma xícara de chá com o café da manhã, e, quando organizava jantares para amigos, seu aperitivo predileto era suco de tomate, ao passo que nós geralmente tomávamos uísque (o que era muito mais divertido, devo admitir, mas ela tinha uma pele ótima, e eu não!).

Tente reduzir também o consumo de álcool — especialmente o de coquetéis doces. Madame Charme raramente bebia álcool. Ocasionalmente, ela tomava uma taça de vinho com o jantar — mas não com frequência. Ao evitar o álcool, ela permanecia hidratada, o que provavelmente ajudava sua pele a continuar tão jovem. Se você tiver o hábito de beber uma taça de vinho no jantar, tente beber muita água antes e depois para garantir que ficará hidratado.

Antes de ir para a cama, gosto de espremer uma fatia de limão na água. O limão tem propriedades desintoxicantes e pode ajudar a melhorar problemas de estômago. À noite, quando me sinto tentada a tomar um café, tomo água morna com limão. Também tomo isso em restaurantes quando todos estão bebericando seus espressos após a refeição. O limão ajuda a me acalmar e, mais tarde, à noite, fico feliz por não ter ingerido cafeína!

Assegure-se de comer muitas frutas e legumes. Esses alimentos não apenas são maravilhosos para a pele, proporcionando-lhe antioxidantes, mas também contêm muita água e são essenciais para hidratá-la.

Escolha a intensidade em vez do estresse

É difícil ser intenso e estressado ao mesmo tempo. Os franceses preferem ser intensos.

Acredito que a maior parte das minhas crises de pele se deve ao estresse (o resto, aos hormônios). Às vezes me pego prendendo a respiração e com os ombros tensos durante o dia. Essa tensão baixa minha pressão, encurta minha respiração e faz com que minha pele se revolte. Perceba o que o estresse causa a seu corpo — há uma grande possibilidade de que afete também sua pele. Faça o possível para manter baixos os níveis de estresse.

Tanto Madame Charme quanto Madame Bohemienne não pareciam nada estressadas. E ambas tinham com que se estressar. Madame Charme trabalhava meio período, cuidava de toda a casa sozinha, sem contar sequer com a ajuda ocasional de uma faxineira. Limpar a casa, planejar as refeições, comprar os ingredientes, prepará-los e lavar as roupas de quatro pessoas, assim como chamar os amigos para jantar toda semana e trabalhar pode ser bem estressante! (Fico estressada só de pensar.) Madame Bohemienne fazia tudo isso, mas trabalhava em tempo integral *e* era mãe solteira! Essas mulheres não eram diferentes de todas as mulheres do mundo que fazem essas coisas, mas elas conseguiam manter a calma e pareciam menos desgastadas que as que observei nos Estados Unidos.

Madame Charme combatia o estresse com suas idas diárias às lojinhas de comida. Exercitar-se é uma excelente forma de combater o estresse, e as caminhadas rápidas (principalmente no frio) são na verdade muito boas para a pele. Ela também parecia ter prazer em qualquer atividade que desempenhasse — mesmo a mais comum de todas. Madame Bohemienne se comportava da mesma maneira. Adorava caminhar por sua querida cidade todos os dias. Relaxava com sua taça de vinho ou seu famoso coquetel de champanhe quando chamava os amigos para jantar, e, sempre que tinha um tempo livre, aproveitava para visitar exposições de arte, o que lhe dava imenso prazer.

Cada um tem seu método. Para contrabalançar o estresse, gosto de praticar ioga, meditar, tocar piano, fazer caminhadas ou tomar um banho quente de banheira com um óleo bem cheiroso. Também faço massagens regularmente, o que me leva ao próximo ponto.

O poder da massagem

A massagem é um aspecto importante do cuidado com a pele. Uma boa massagem não apenas controla o estresse, como também elimina as toxinas do corpo. Beba bastante água depois de qualquer trabalho corporal para se beneficiar ao máximo. Você pode receber massagens profissionais ou massagens românticas do seu parceiro, o importante é que se mantenha alguma regularidade.

Há maravilhosos pequenos spas em Los Angeles que oferecem uma hora de shiatsu ou reflexologia por apenas 25 dólares. Como o preço é bem acessível (mesmo que se tenha que dar uma gorjeta generosa), tento ir uma vez por semana. Desde que comecei a fazer massagens regularmente, notei que meu estresse diminuiu muito e minha pele melhorou bastante. Se você não tiver algo tão acessível perto de casa, seja criativa. Peça a sua manicure que lhe faça uma massagem nas mãos por uns dez minutos ou procure uma escola de massagem e faça com um dos alunos a um valor reduzido.

Consulte profissionais

Quando o assunto é pele, consulte profissionais regularmente. Dermatologistas, esteticistas e outros profissionais que cuidam da pele vão ajudá-la a resolver seus problemas. Comecei a fazer tratamentos de pele regularmente desde que consegui uma brecha no orçamento. Esses tratamentos regulares são maravilhosos. Esfoliações, peelings e limpezas melhoraram a qualidade geral da minha pele, permitindo que eu não dependa tanto de maquiagem para cobrir imperfeições.

Pesquise pedindo recomendações de amigos ou lendo críticas na internet até encontrar alguém em quem confie. Desenvolva um relacionamento com o profissional que cuida da sua pele. A minha, em Santa Monica, é

Lisa Lianna Mayer, do Petite Spa. Ela cuida da minha pele há anos e sabe exatamente do que ela precisa. Adoro sentar na pequena e tranquila sala de espera do Petite Spa e tomar água com pepino, esperando pelo tratamento. Deito na maca por uma hora para meu rosto ser limpo, esfoliado, massageado e hidratado. (Aprendi até a tolerar as limpezas de pele!) É um ritual de boas-vindas que sempre me deixa rejuvenescida.

Se esses tratamentos não cabem em seu orçamento, você pode fazê-los sozinha em casa. Depois de limpar a pele, abra os poros aproximando o rosto de uma tigela de água morna com óleos essenciais. Então esfolie, aplique uma máscara, retire-a e faça uma hidratação. E, apesar de não estar em um spa, essa pode ser uma experiência relaxante. Tranque-se no quarto para ninguém aborrecê-la. Coloque uma música tranquila e respire fundo...

Encontre os melhores produtos para seu orçamento

As francesas são conhecidas por gastar muito com produtos de beleza. Nesse quesito, elas não fecham a mão — compram os melhores cremes, fluidos e agentes de limpeza que puderem pagar. E, embora para esse tipo de produto a qualidade seja proporcional ao preço, também é possível encontrar alternativas mais baratas, de farmácia. Seja honesta com sua esteticista e lhe diga exatamente quanto pode gastar com produtos para a pele. Ela poderá orientá-la na direção certa, informando (baseada nas necessidades da sua pele) a respeito do que você deve gastar sem restrições e do que pode ser economizado. Por exemplo, se você tiver 32 anos, pode não ser necessário investir em um creme firmador para o pescoço muito caro. Talvez você prefira investir em um bom creme anti-idade para os olhos. É tudo uma questão de prioridade.

Uma compra que recomendo a todas (e muitos maquiadores e profissionais da beleza concordam!) é o Clarisonic, uma ferramenta sônica de cuidado com a pele. Incorporei a missão de divulgar de graça esse produto milagroso. Falo dele para todo mundo! Hesitei um bom tempo antes de comprá-lo porque não sabia se ele justificaria aquele valor (seus preços partem de 149 dólares). Hoje, queria tê-lo comprado antes — ele transformou minha pele. O Clarisonic esfolia suavemente e elimina todas as células mortas, além de ajudar o produto de limpeza que você usa a penetrar mais fundo na pele. Todas as pessoas que conheço que usam Clarisonic (eu inclusive) relatam uma melhora drástica e quase instantânea.

Nem todos os produtos de cuidado com a pele precisam ser caríssimos. Certa manhã, a água do prédio da Família Charme em Paris foi fechada. Madame Charme me emprestou seu tônico de água de rosas para eu lavar o rosto, já que não havia água. Ela confiava naquele produto e o usava sempre para manter a pele bonita. Naquele dia, senti minha pele bem tonificada. Água de rosas é um produto bastante barato, que pode ser feito até por você mesma.

Proteja sua pele

Da adolescência aos vinte e poucos anos, eu adorava ir à praia ou à piscina e pegar sol. Minha pele bronzeia facilmente e gostava da corzinha que conseguia com apenas uma hora sob o sol. Ainda gosto de me estirar sob o sol uma vez por ano nas férias (apesar de saber que isso não é muito recomendável!), mas tento compensar no resto do ano usando protetor solar no rosto, no pescoço e no colo todos os dias — mesmo quando está frio e nublado. Sempre uso protetor quando tomo sol também. Se você se preocupa com manchas, rugas ou câncer de pele, mas passa muito tempo sob o sol, sugiro usar um chapéu de abas largas além de um protetor forte. De qualquer forma, amo usar chapéus, pois eles conferem um ar misterioso.

E o mais importante...

Sorria, exprima-se e viva intensamente. Esteja confortável e segura de si mesma. Ignore aqueles que não gostam de você (sempre vai ter alguém que não gosta da gente). Sinta-se bem sendo você mesma. Nada é mais atraente que isso.

Minha rotina caseira de cuidados com a pele

Minha rotina caseira de cuidados com a pele é bem detalhada. Às vezes posso ser um pouco neurótica em relação a isso, mas aprendi que cuidar da pele é uma tarefa delicada que deve ser constantemente avaliada para mantê-la na melhor forma.

Noite

Uso maquiagem quase todos os dias (não muita — apenas meu visual de cara lavada de dez minutos) e sei que é importante tirá-la e limpar a pele direito todas as noites para evitar que ela se revolte.

Começo retirando a maquiagem dos olhos muito suavemente com removedor e duas bolinhas de algodão. Então uso meu Clarisonic junto com um produto de limpeza para a pele. O Clarisonic fica um minuto; durante esse tempo, limpo o rosto e o pescoço com uma leve pressão em pequenos movimentos circulares. Em seguida, lavo minha pele com água em temperatura ambiente ou um pouco mais quente e enxugo com uma toalhinha seca que uso *apenas para o rosto*. Acho esse detalhe muito importante. Onde quer que eu esteja, seja em casa, na casa de parentes ou em um hotel, sempre reservo uma toalha só para o rosto. Ao fazer isso, terei certeza de que ali não há resíduos de xampu, condicionador ou outros produtos que poderiam entupir meus poros.

Depois de enxugar suavemente a pele com minha toalha só para o rosto (avisei que eu era neurótica), geralmente aplico um tonificante, um esfoliante com alfa hidroxiácido (AHA) e algum tipo de fluido ou concentrado de vitamina C, então passo um creme noturno, fazendo movimentos suaves para cima. Esses passos podem variar, já que gosto de sempre mudar as coisas. Às vezes uso um sabonete esfoliante e simplesmente aplico um fluido hidratante e o creme noturno no lugar do tônico e do esfoliante AHA.

Quanto ao creme para os olhos, sempre o aplico suavemente com o dedo anular (é o dedo mais fraco, logo o de toque mais suave) e então passo manteiga de cacau nos lábios para hidratá-los enquanto durmo. Finalmente, tomo um copo grande de água com limão e tento dormir bem durante a noite.

Uma vez por semana, nas noites de domingo, aplico uma máscara facial para remover as impurezas e aliviar o estresse. Minha máscara favorita é a Volcanic Clay, da Epicuren. Ela provoca uma espécie de formigamento superagradável. Quando tenho uma semana particularmente estressante, minha pele fica desesperada por ela! Além disso, é um ritual divertido (mesmo que com isso eu assuste de vez em quando meu marido).

Uma das melhores coisas em escrever meu blog, The Daily Connoisseur, é que tenho a oportunidade de experimentar várias novas linhas de produtos de cuidado com a pele. A minha favorita (que considero o cálice sagrado das descobertas de beleza) é a Sibu Beauty — que usa o espinheiro-marítimo, uma planta medicinal, como principal ingrediente. Também gosto dos produtos da Paula's Choice (que tem ótimos protetores solares e esfoliantes AHA, além de produtos de limpeza suaves e hidratantes), da Benedetta, da Dermalogica, da Epicuren e da Éminence, entre outras. Para críticas aprofundadas dos meus produtos de cuidados com a pele preferidos, visite meu blog: www.dailyconnoisseur.com.

Manhã

Para preservar a oleosidade natural da pele, não faço a limpeza de manhã. Se limparmos demais a pele, ela pode compensar produzindo óleo em excesso, o que, em última instância, pode gerar erupções — então, deixo a limpeza para a noite. De manhã, simplesmente lavo o rosto e o pescoço com água morna, depois aplico hidratante, protetor e manteiga de cacau nos lábios. Só então estou pronta para me maquiar.

Corpo

Cuido da pele todos os dias esfregando suavemente um paninho esfoliante ou uma bucha em movimentos circulares. Para limpá-la, uso sabonetes hidratantes de luxo como Claus Porto, Roger & Gallet, L'Occitane e Dyptique ou mesmo um sabão de lavanda orgânica da Whole Foods. Eu os uso junto com meus sabonetes líquidos favoritos. Uso um sabonete esfoliante para o corpo duas vezes por semana. Sempre aplico hidratante ou óleo corporal (ou uma combinação dos dois). Durante o dia, prefiro algo sem cheiro ou de odor suave, que não vai interferir no meu perfume; para a noite, adoro um creme com cheiro delicioso. Um dos meus cremes corporais prediletos é o Abundantly Herbal de calêndula, da Arbordoun. É absolutamente mágico e faz a pele se recuperar.

Quando sua pele sai do rumo

Todas passamos por fases em que nossos corpos mudam. Ter filhos, envelhecer e atingir a menopausa farão sua pele mudar. Depois que tive meu primeiro filho, meus hormônios enlouqueceram e sofri de acne cística. Sentia-me tão impotente, tão frustrada... Eu tinha trinta anos; minha pele não deveria estar em crise como a de uma adolescente!

É importante não se estressar nessas situações. Isso só vai piorar o problema. Eu, por exemplo, recorri à minha esteticista e ao meu dermatologista para encontrar uma solução que funcionasse para mim. Tentei manter meus níveis de estresse baixos e simplesmente aproveitar meu filhinho recém-nascido. Eu me alimentava bem, bebia bastante água e passei a aplicar uma máscara purificadora três vezes por semana. Tudo isso valeu a pena e meus problemas de pele só duraram dois meses.

Desde então, descobri um kit de controle da acne chamado Brazilian Peel Clear que é bastante eficaz no combate a erupções, mantendo a pele no caminho certo. Uso esse peeling e seus recursos quando sinto que minha pele está prestes a apresentar algum problema.

Não interessam os problemas de pele que você tenha — rugas, espinhas ou manchas de idade —, é importante lembrar que o que *realmente* importa é como você se sente na sua pele. Mesmo se se pegar sendo inspecionada por um Professor Impecável, lembre-se de manter a cabeça erguida e continuar sendo você mesma. Em noventa por cento das vezes que você acha que as pessoas estão olhando para suas imperfeições, elas estão pensando nas delas mesmas. A maioria das pessoas é insegura quanto a algum aspecto. Tente deixar suas inseguranças de lado e assuma quem você é e a aparência que tem. Meu melhor conselho para uma pele bonita é se sentir bem nela, em todos os momentos.

Récapitulation

- Faça da água sua principal bebida diária — limite o consumo de cafeína e álcool.

- Controle seus níveis de estresse. Quando sentir o estresse por perto, torne as coisas mais leves!

- Faça massagens regulares com um massagista profissional ou com seu parceiro.

- Consulte profissionais e faça tratamentos faciais regularmente, se couberem no seu orçamento, ou faça-os em casa.

- Pesquise e compre os melhores produtos que puder pagar.

- Sempre proteja sua pele usando protetor solar. E não esqueça o pescoço, os ombros, os braços e as mãos!

- E o mais importante: não interessa qual seja o estado da sua pele, esforce-se para ficar confortável nela. Fazer isso irá torná-la mais atraente.

Capítulo 8

SEMPRE ESTEJA APRESENTÁVEL

Depois de seu lindo apartamento, a primeira coisa que chamou minha atenção na Família Charme foi o modo impecável como eles se apresentavam. Naquele primeiro dia, sentada em sua sala de estar, trocando gentilezas, percebi que Monsieur e Madame Charme estavam muito bem-vestidos para uma manhã simples de sábado. Achei que tivessem se vestido assim em minha homenagem, para me receber. Mas logo descobri que a Família Charme não se vestia para ninguém além deles mesmos.

Impecavelmente arrumada e muito bem-vestida, aquela era sem dúvida uma família elegante. Até o rapaz de 23 anos sempre estava apresentável. Nos seis meses em que vivi com eles, nunca os vi zanzando pela casa de moletom ou pijama. Madame Charme vestia saias, blusas ou suéteres e sapatos de couro de alta qualidade. Para sair, usava echarpes de seda e um casaco de matelassê que era sua marca registrada. Em certas ocasiões, vestia um blazer de alfaiataria.

As roupas informais de Monsieur Charme consistiam de calças, camisas sociais bem-passadas e suéteres de caxemira (ele sempre usava terno para trabalhar). As roupas informais do filho eram jeans, camisa social passada e um pulôver. Ele sempre calçava mocassins bem-feitos ou sapatos de couro de amarrar. Nem preciso dizer que sempre usava a camisa para dentro da calça e que esta era bem-ajustada e não ficava caindo a ponto de deixar à mostra sua cueca (uma moda infeliz entre tantos rapazes!). Nunca vi nenhum deles usando uma camiseta nos seis meses em que morei em sua casa. Tirando as camisetas de baixo dos homens, acho que eles nem sequer tinham tais peças.

De fato, eles se vestiam bem, mas, para a Família Charme, apresentação pessoal era muito mais do que simplesmente usar boas roupas. Eles eram todos bem-arrumados, bem-calçados, e tinham boas maneiras. Em suma, eles se apresentavam para o mundo de forma muito elegante.

Muitos de nós (inclusive eu) temos dias em que até mesmo pentear o cabelo, colocar um jeans e uma camiseta e sair a tempo é uma luta! Mas a Família Charme lidava com as mesmas circunstâncias cotidianas que nós. Monsieur Charme trabalhava em tempo integral, assim como seu filho. Madame Charme trabalhava meio período e cuidava de tudo na casa. Eles eram pessoas ocupadas! Mesmo assim, estar apresentável era uma prioridade na sua vida.

Sempre estar apresentável não requer muita manutenção. Madame Charme não se atrasaria porque demorou uma hora fazendo maquiagem e chapinha no cabelo. *Pas du tout.* Não mesmo. Ela conhecia seu visual tão bem que poderia se arrumar rapidamente sem ficar aflita escolhendo o que vestir. Além disso, seu cabelo era cortado de um jeito simples, fácil de arrumar, e ela usava pouquíssima maquiagem.

No tempo em que Cary Grant e Audrey Hepburn eram as mais famosas estrelas de cinema, todos andavam arrumados — durante o dia, numa saída à noite, para viajar, para dormir e até para dar um pulo na loja da esquina. O que aconteceu com a nossa sociedade? Hoje é raro ver alguém bem-vestido durante o dia. É mais comum ver homens com as calças caindo e as bainhas puídas, e mulheres com roupas de ginástica e chinelos.

Blusas que mostram as gordurinhas, alças de sutiã e traseiros malcobertos estão à vista todos os dias. Mesmo correndo o risco de parecer uma velhinha de 95 anos, pergunto: o que aconteceu com este mundo?

Por muito tempo, usei a desculpa de viver na Califórnia como uma razão para andar por aí com camisetas largas e chinelos. Ainda tenho uns momentos assim (principalmente quando estou no playground com meus filhos ou passeando com o cachorro às seis da manhã), mas agora realmente tento me apresentar melhor, diariamente. Não estou sugerindo que todos adotemos a formalidade da Família Charme — jeans ainda são bem importantes no meu guarda-roupa —, mas sugiro que sigamos seu exemplo de respeitar a si mesmas e àqueles com quem temos contato durante o dia, pensando em nossa aparência e nos esforçando para estarmos bem.

Adoro assistir a filmes franceses. Na verdade, o cinema francês é meu preferido, já que gosto dos temas que eles abordam e acho invejável o fato de não serem comerciais. Se você assistir a filmes franceses, preste atenção nas atrizes. Quase sempre elas estão apresentáveis — mas não há exageros. Por exemplo, no filme *Un baiser s'il vous plaît*, de Emmanuel Mouret, a atriz Virginie Ledoyen começa um caso extraconjugal com seu melhor amigo (interpretado por Emmanuel Mouret). Ao longo do filme, ela vai ficando emocionalmente devastada, já que também ama o marido italiano e não quer magoá-lo. Deixando a questão ética de lado, vemos Ledoyen muito bem-arrumada durante o filme, mas não de forma trabalhosa. Seu visual sugere que ela não dá tanta bola assim para a aparência (afinal, ela tem muitas outras coisas com as quais se preocupar!), mas, mesmo em meio àquele drama, ela ainda valoriza a maneira como se apresenta para o mundo.

Então, como podemos estar sempre apresentáveis?

Motivação

Evite dizer a si mesma que vai "apenas ao mercado da esquina" (ou a outro lugar qualquer) como uma desculpa para parecer um lixo. Você pode achar que não vai ver ninguém conhecido — mas, pode ter certeza, você verá. Verá seu ex e aquela amiga da onça. Todas já estivemos na situação de estar em público com uma aparência bem mais ou menos e, de repente, cruzarmos com alguém importante em nossas vidas. Quando isso acontece comigo, mal consigo me concentrar na conversa improvisada de tão chateada que fico por estar desleixada!

Na minha rua, mora um sujeito misterioso (que conheceremos melhor no capítulo "Cultive um ar de mistério"). Como minha casa não tem jardim, preciso levar meu cachorro, Gatsby, para fazer suas necessidades várias vezes por dia (ou para passear, como diz meu marido). Tais passeios podem ocorrer em momentos inconvenientes, como quando acabei de acordar ou quando estou prestes a ir dormir. Por isso, ocasionalmente, acabo levando o cachorro para passear de pijama — que tento cobrir com um casaco. Geralmente meu objetivo é parecer apresentável nesses passeios, mas, nas vezes em que não faço isso (e a calça do pijama está enrolada até meus joelhos ou calcei tênis sem meias, por exemplo), *sempre, invariavelmente e sem exceção*, cruzo com meu vizinho misterioso. É uma extensão da lei de Murphy. Aconteceu outro dia mesmo. Eu só estava saindo rapidamente para retirar o lixo com meu jeans enrolado até os joelhos, sapatos de jardinagem (pois estava cuidando das plantas na varanda), sem maquiagem e com o cabelo desgrenhado. Estava prestes a jogar o lixo fora quando... adivinha quem estava virando a esquina? Meu vizinho misterioso! Agora entendo por que Madame Charme passava batom e enrolava a echarpe de seda no pescoço até quando ia à esquina comprar uma baguete. Você nunca sabe quem vai encontrar pelo caminho.

Mesmo que não veja ninguém conhecido, você deve querer parecer bem para si mesma. Quando vejo um estranho bem-vestido e bem-arrumado, imediatamente fico intrigada. A simples visão daquela pessoa é suficiente para iluminar meu dia. Uma vez ou outra, em Santa Monica (a *capital* das roupas informais), vejo um homem vestindo algo similar ao que vestem muitos franceses — camisa social, blazer, calça de alfaiataria e mocassins macios. Se estiver ainda de cabelo cortado, barbeado (ou apenas com uma leve penugem) e óculos escuros, confesso: eu me derreto. Homens, se estiverem solteiros e quiserem atrair mulheres, o caminho é estar bem-vestido, bem-arrumado e ter boas maneiras!

Há uma jovem que anda de bicicleta pela minha rua quase todos os dias. Ela trabalha numa agência imobiliária próxima (sei disso porque há uma placa com o logotipo da agência na bicicleta). Ela está sempre impecavelmente vestida — a visão perfeita do casual visual de negócios. Geralmente usa saias combinadas com blazers cinturados, sapatilhas e uma echarpe cuidadosamente amarrada no pescoço, deixando seus longos cabelos louros flutuarem ao vento. Outro dia, eu a vi de calças de montaria, botas, echarpe e óculos de aviador. Estava fabulosa! É uma alegria observá-

-la. Então, se não tiver outro motivo, vista-se para si mesma e torne o mundo mais interessante para quem a observa, como eu!

Primeiras impressões

A primeira impressão é a que fica. Se você normalmente está apresentável, nunca precisará se preocupar em causar uma má primeira impressão *visual*. Ao longo de nossas vidas, nunca sabemos com quem vamos topar — maridos e esposas potenciais, colegas de trabalho, novos amigos. Todas gostaríamos de atrair as melhores pessoas para nossas vidas. Se tentar cultivar sempre sua melhor aparência, você pode deixar de lado essa preocupação e se sentir automaticamente mais atraente e confiante de que está dando tudo para causar a melhor primeira impressão possível.

Não caia na tentação de parecer um trapo

Jogue fora todas as roupas que estão gastas, estragadas ou que não caem bem. Não há desculpa para se apegar a roupas ruins: elas não servem para nada. Mesmo se morar sozinha, você não deve usá-las. Pense que, se você não tiver trapos, não terá jamais que se preocupar em parecer um trapo.

Observe-se de ângulos diferentes

Antes de sair de casa, olhe-se no espelho de todos os ângulos. Muitas vezes, o que parece apresentável e arrumado de frente pode estar bem mal-ajambrado atrás. Veja este caso: um dia, eu estava indo almoçar com minha filha e avistei uma mulher à frente. Ela estava andando depressa. Vestia uma camiseta branca, uma jaqueta e calças de algodão vinho. Levava uma grande bolsa Louis Vuitton no braço direito. Sua calça estava tão apertada que mostrava as celulites quando ela caminhava. Para piorar, havia um buraco razoável na costura da calça, bem no bumbum! Quando ela se virou, notei que seu cabelo estava bem-arrumado e que ela estava maquiada, então claramente era uma mulher que se importava com a aparência. Provavelmente não tinha ideia da magnitude do problema da parte de trás de suas roupas. Isso me lembrou da mulher com a legging cheia de furos. Comecei a me perguntar se eu já tinha andado por aí com um buraco nas *minhas* calças! Essas mulheres poderiam facilmente ter evitado esses *faux pas* de moda se tivessem se olhado no espelho de todos os ângulos antes de sair de casa.

Viagem

Senhoras e senhores, voltemos aos dias em que as pessoas se arrumavam para viajar. Arrumar-se não é o mesmo que ficar desconfortável. Tenho certeza de que você sabe disso e estou me juntando ao coro. Vamos disseminar a ideia de Gandhi, sendo a mudança que queremos ver no mundo. (É claro que Gandhi não estava falando sobre se vestir bem para viagens aéreas quando disse isso, mas você entendeu o que eu quis dizer.)

Você pode vestir roupas de viagem confortáveis que também sejam chiques. Calças pretas macias e uma blusa de manga morcego com sapatilhas e um xale de pashmina formam um visual tão confortável quanto um conjunto de moletom e tênis, só que muito mais apresentável. Você pode ainda usar um vestido ou saia e levar um xale de caxemira para esquentar-se no avião. Para os homens, gosto de jeans, camisa social e suéter de caxemira com gola em V combinados com mocassins de camurça. (Dá para dizer que eu amo esse visual?) É um look arrumado e apresentável para viajar e pode até lhe garantir um upgrade. (Quer dizer, se você já não estiver voando de primeira classe!)

É possível usar jeans e camiseta e parecer bem quando você estiver viajando. Ao esperar na fila do check-in quando meu marido e eu estávamos voltando de Barbados, observei uma mulher na fila da primeira classe. Ela estava usando jeans (mas do tipo clássico e sem buracos), uma camiseta branca para dentro, sapatos Christian Louboutin de nobuck com saltos altíssimos, óculos de aviador e um relógio de ouro. Seu cabelo estava preso em um belo rabo de cavalo. Estava vestida de forma casual e confortável (com exceção dos sapatos, ui!) e conseguiu deixar um visual jeans e camiseta luxuoso apenas com o uso de acessórios e uma combinação impecável. Além disso, ao colocar a camiseta branca bem-passada para dentro da calça, ela conseguiu não parecer desleixada. E mais, seu jeans tinha um caimento tão perfeito que parecia ter sido ajustado. Para mim, ela embarcou no avião, tirou seus Louboutin e calçou sapatilhas — mas aí, ninguém sabe.

A mentalidade de "guardar as coisas para depois"

Você tem uma blusa nova que não usou por estar guardando para o momento certo? Bem, se o momento especial chegar, por favor, use-a, mas, enquanto isso, vista-a também para ir ao dentista — afinal, ele vai pôr um babador em você —; quem sabe não vai encontrar um velho amigo na sala de espera?

Roupa para dormir

Tente não relaxar seus padrões só porque não é mais dia e você não está mais em público. Quer seja recém-casado ou casado há 25 anos, quer viva com um amigo ou seja solteiro e tenha somente um gato para impressionar, você ainda deve estar apresentável com suas roupas de ficar em casa e de dormir.

Robes são maravilhosos. Infelizmente, eles se tornaram algo ultrapassado. Adoro a série de Agatha Christie com o inspetor Poirot e gosto especialmente do retrato cinematográfico e televisivo feito por David Suchet. Nessas pequenas pérolas de imagem, sempre me delicio quando um assassinato ocorre no meio da noite e os suspeitos se reúnem na sala, de pijama. Inevitavelmente aparecem trajando lindos robes — belos quimonos de seda para as mulheres e robes pesados e acolchoados, com lapelas, para os homens. Gosto de ter vários robes e não me sinto vestida se não estiver usando um quando ando pela casa à noite. Mesmo quando meu marido está fora e as crianças estão dormindo, uso um robe por cima do pijama.

No entanto, o fato de usar um robe não lhe dá permissão para vestir pijamas desleixados. Adoro pijamas clássicos de botões para os homens. E para as mulheres? Temos uma infinidade de opções! Das belas camisolas a calças compridas e camisas de renda. É claro que você sempre pode escolher dormir nua como Marilyn Monroe, mas, se optar por isso, é fundamental deixar um robe perto da cama. Nunca se sabe — pode haver um terremoto ou um incêndio no meio da noite e você acabaria no meio da rua apenas com um travesseiro!

Madame Charme usava robes que iam até o chão em cores pastel. Nunca a vi de pijama, pois o robe cobria tudo. Tampouco vi Monsieur Charme e seu filho de pijama. Quando estavam fora dos quartos, eles sempre usavam as roupas com que passariam o dia. Decida o que é apropriado para você. Tenho muito mais a dizer sobre pijamas e o que Madame Charme achava dos meus, mas guardarei essa história para o capítulo "Sempre use o melhor que tiver".

Cabelo arrumado

É muito mais fácil parecer apresentável se seu cabelo estiver direito. Com direito, não quero dizer alisado ou com um penteado perfeito; estou falando sobre seu estilo próprio. Madame Bohemienne tinha cabelos selvagens e cacheados. Seu corte era curto e ela sempre o usava solto. Essa era sua marca registrada (junto com suas saias despojadas). Eu tinha a impressão de que aquele não era um visual muito planejado. Ela usava um corte que lhe permitia arrumar o cabelo rapidamente e sem esforço. O mesmo valia para Madame Charme, com aquele corte curto bem parisiense. Todos os dias, ela usava o cabelo do mesmo jeito, fácil e sem esforço. Não precisava fazer babyliss, colocar apliques, sprays ou criar volume. É claro que essas coisas são divertidas de se fazer em ocasiões especiais, mas você economiza tempo se não precisar fazê-las todos os dias.

Encontre um cabeleireiro que você adore e passe a frequentá-lo. Um bom profissional vai lhe dar o corte certo para seu tipo de cabelo — um que você possa arrumar facilmente para o dia a dia. Se seu cabelo for seco como o meu, pode ser incrivelmente libertador aprender que não precisa lavá-lo todos os dias. Se lavar dia sim, dia não, ou com até dois dias de intervalo, já vai estar bom.

Resumindo, estar apresentável é simplesmente uma questão de respeito — respeito por si mesma, pelas pessoas que ama, e por todos com quem você mantém contato.

Uma observação sobre lavadores de janelas parisienses

É claro que pode ser bem difícil estar sempre apresentável — especialmente se você for pego nu e de surpresa, como descobri certa manhã em Paris...

Rapidamente me acostumei a dividir o único banheiro da Família Charme com os outros três membros da família. No meu primeiro dia, Madame Charme me perguntou se eu preferia tomar meus banhos de manhã ou à noite. Hummm... Escolhi a manhã e secretamente me perguntei se, de vez em quando, poderia tomar um banho quente antes de dormir. Pensei em perguntar, mas preferi não insistir — principalmente no meu primeiro dia ali. (Como descobri depois, a Família Charme tinha uma consciência ambiental muito grande e não gostava de desperdiçar água. Daí a política ferrenha de só tomar um banho por dia.)

O tempo passou e rapidamente me acostumei à rotina na *salle de bains*. Eu mantinha uma cestinha com meus produtos de banho no quarto, já que o espaço na bancada no banheiro era escasso. Todos os dias, às sete, eu ia até a *salle de bains* e praticava meu ritual matinal. O banheiro, bem como a cozinha, era muito simples. Estava sempre brilhando de limpo e era bem modesto — chão de azulejos, um pequeno espelho e uma pia isolada sem espaço de apoio. Não havia chuveiro (o que achei muito estranho inicialmente), mas uma grande banheira com um chuveirinho de mão.

A banheira ficava em frente a uma grande janela que não tinha cortinas, pois só dava para uma parede. Certa manhã, quando morava lá havia três meses, eu estava na banheira e, de repente, vi que tinha um homem do lado de fora.

Era o limpador de janelas, cumprindo sua tarefa. Ele lavava as vidraças de todo o prédio, suspenso em um andaime (na época eu não sabia o termo correto para aquilo e ainda não sei). *Mon Dieu!* Gritei e comecei a procurar uma toalha ou algo para me cobrir, ao mesmo tempo que tentava me manter ereta (ele me viu justo quando estava inclinada lavando os pés — o que não é lá a mais glamorosa das posições!). O limpador olhou pela janela e simplesmente sorriu, acenou para mim e continuou seu trabalho. Não foi malicioso nem ficou olhando. Eu não tinha certeza se deveria me sentir aliviada ou ofendida.

Imediatamente fui até Madame Charme e lhe contei sobre o limpador espião. Esperei que ela ficasse indignada — chocada! Em vez disso, ela olhou para mim com um sorriso divertido e disse:

—Ah, sim, ele já viu todos nós na banheira. Ele só vem uma vez por mês.

Provavelmente, Madame Charme sentiu minha perplexidade com a sua indiferença. Perguntou-me se me sentiria mais confortável com cortinas no banheiro. Pensei por um instante e decidi que não. É, era estranho, mas talvez meu puritanismo americano fosse exagerado e eu apenas precisasse relaxar. Eu disse: tudo bem, *ça va*, não há necessidade de cortinas. Afinal de contas, quando em Roma...

No entanto, na manhã seguinte, uma cortina improvisada foi posta ali por minha causa. Acho que, quando deixei Paris, ela foi removida.

Récapitulation

- Vista-se de forma apresentável diariamente em respeito a si mesma e àqueles com quem se relaciona.

- Lembre-se de que primeiras impressões são extremamente importantes.

- Não caia na tentação de parecer desleixada. Jogue fora ou doe qualquer roupa que não sirva mais.

- Olhe-se de todos os ângulos antes de sair de casa.

- Vista-se de um jeito bonito quando for viajar para levantar o nível e a chance de conseguir upgrades.

- Nunca guarde suas melhores roupas para "depois". Use-as hoje. O que você está esperando?

- Escolha um corte de cabelo que possa ser facilmente arrumado e combine com seu estilo de vida.

- Arrumar-se bem é imprescindível.

- Quando tomar banho em Paris, evite deixar as cortinas abertas, a menos que queira ser admirada por um lavador de janelas!

Capítulo 9

PRATIQUE A ARTE DA FEMINILIDADE

Antes de morar em Paris, eu tinha medo da minha feminilidade. Eu não me arrumava como um menino: gostava de coisas femininas, mas tinha medo do que eu me tornaria se me permitisse atingir todo o meu potencial. Minha postura era ruim. Eu não tinha um bom corte de cabelo (ele era comprido demais e fio reto) e cobria meu corpo com roupas desleixadas. Meus gostos ainda não tinham florescido para a sofisticação.

Então algo me aconteceu em Paris. Comecei a observar Madame Charme. Sua feminilidade não combinava com meu entendimento da palavra, que envolvia imagens de vestidos de babados e sapatos de salto alto. Madame Charme usava saias, batom e echarpes de seda todos os dias —

mas sua feminilidade ia muito além disso. Ela tinha uma excelente postura, era segura de si e tinha muita confiança — tudo o que eu desejava ter.

Então comecei a observar as francesas em geral — as apresentadoras de jornais, as vendedoras, as garçonetes, as executivas, as jovens mães. Elas não empregavam as mesmas técnicas, mas cada uma celebrava sua feminilidade enfatizando certos aspectos de sua aparência.

Comecei a ver que a feminilidade podia ser realçada por qualquer coisa que fizesse a mulher se sentir mais bonita e poderosa. De repente, um mundo novo se abriu diante de mim. Comecei a pensar em desenvolver minha beleza com roupas e maquiagem leve e me perguntei de que outras formas poderia celebrar a arte de ser mulher. O que aconteceria se libertasse toda a minha feminilidade?

É claro que a cultura influencia o que vemos como beleza feminina. Estou relatando o que observei na França. A feminilidade francesa parecia algo revigorante. As francesas veem as interpretações americanas de feminilidade, como silicone nos seios, unhas falsas e apliques para o cabelo como desnecessárias e, em vez disso, usam o que a natureza lhes deu. (Com alguns adicionais sutis, *bien sûr.*)

Postura

As francesas tendem a ter uma ótima postura. É claro que há tipos boêmios (não como Madame Bohemienne, que fique bem claro) que usam boinas, andam meio curvadas e fumam cigarros, mas não estou falando dessas mulheres. Estou falando da francesa comum, que se move com leveza. Esse é um aspecto-chave de sua feminilidade, pois ela sabe que tal postura lhe dá estatura como mulher.

Uma boa postura pode fazer muito por você — homem ou mulher! Boa postura mostra que você é confiante, está no controle e é atraente. Ela não deve ser dura ou formal, mas maravilhosamente fluida — uma forma ativa de se apresentar que exala confiança. Ande com equilíbrio, ombros para trás e sem tensão, peito para a frente (nem muito estufado nem muito retraído) e mantenha uma certa tranquilidade.

Você já percebeu que, quando observa alguém com uma boa postura, tende automaticamente a corrigir a sua? Desde que morei em Paris, adquiri o hábito de sempre monitorar minha postura. Se vejo alguém sentado com aprumo, automaticamente me ajeito. Boa postura é algo contagioso.

Também há situações que pedem uma boa postura. Por exemplo, é muito difícil sentar num cômodo impecável com os ombros curvados. O apartamento da Família Charme era decorado de maneira bem formal. Ali não parecia natural que alguém se espalhasse em uma das poltronas cercadas de tapetes orientais, móveis antigos e pinturas valiosas. Belos arredores fazem com que você deseje se portar de acordo com eles.

Sugiro decorar sua casa para a boa postura. Torne bonitos os espaços onde vive — lugares para os quais você queira se vestir bem e se sentar ereto. Se estiver cercado por desorganização e caos, você tem mais tendência a ficar desleixada: nossos corpos tendem a reagir ao entorno. Observe-se em lugares diferentes e tenha isso em mente. Se estiver no lobby de um hotel cinco estrelas, invariavelmente você vai se sentar reto — seria difícil agir diferente! Da mesma forma, se estiver visitando uma casa bagunçada e suja, seus ombros podem se curvar em protesto.

Quando você começa a praticar a boa postura, acaba fazendo isso em qualquer lugar. A boa postura pode ser extremamente poderosa. Se se encontrar em uma situação ruim ou em que se sinta intimidada, mantenha uma boa postura. Isso aumenta a feminilidade e faz toda a diferença do mundo.

Perfume

Visitei a França pela primeira vez aos 18 anos. Passei seis semanas com meus pais em Cannes, já que meu pai estava trabalhando lá no verão. Era a minha primeira viagem para a Europa e eu me sentia num país das maravilhas. O sul da França é de tirar o fôlego — o azul brilhante da Côte d'Azur esbanjava glamour e luxo. Um dia, meus pais e eu fizemos uma viagem até Grasse, a capital mundial da produção de perfume. Fizemos um tour por uma das fábricas e aprendemos tudo sobre a arte de fazer perfumes e a complexidade de certas fragrâncias.

Antes da viagem a Grasse, eu nunca tinha pensado muito sobre perfumes. De vez em quando, roubava borrifadas do Trésor da minha irmã mais velha, sua marca registrada, mas não tinha um para chamar de meu. Depois daquela viagem, tornei-me muito interessada em perfumes e seus efeitos aromáticos.

Eu queria guardar meu dinheiro para comprar uma fragrância que amasse — uma que condensasse aromaticamente a pessoa que eu era — e que celebrasse minha feminilidade. Mas, depois de um tempo, esqueci a atração do perfume. Eu usava sprays para o corpo com aroma de frutas e outros cheiros nada sofisticados, e, anos depois, quando fui viver com a Família Charme em Paris, ainda não havia passado para a categoria dos perfumes de verdade, não tinha encontrado minha fragrância própria.

Em Paris, adquiri o hábito europeu de cumprimentar os outros com beijos no rosto. Durante esses cumprimentos íntimos, ficava cada vez mais consciente do tipo de perfume ou colônia que meus amigos franceses usavam. Amadeirados, orientais, florais... Cada um parecia ter um perfume próprio!

Caminhando por Paris, via anúncios de perfumes em todos os lugares. Perfumes e colônias também eram cuidadosamente dispostos nas vitrines de lojas chiques. Os franceses pareciam ter um caso de amor com as fragrâncias.

Detesto desapontá-las, mas não sei se Madame Charme usava perfume. Nunca cheguei perto o suficiente para dizer. Tínhamos uma relação muito formal e raramente (exceto na primeira vez em que nos encontramos e quando nos despedimos pela última vez) houve contato físico. Imagino que ela usasse um perfume francês clássico, como Shalimar, da Guerlain — mas isso é só especulação.

Quando voltei para a Califórnia depois de morar em Paris, estava novamente querendo encontrar minha fragrância própria. Pesquisei durante vários meses — experimentando amostras das que me despertavam interesse. Terminei minha pesquisa com Stella, de Stella McCartney — um belo perfume fresco com cheiro de rosas. Descobri em minha pesquisa que rosa é minha nota preferida em perfumes. Elas são minhas flores favoritas (junto com as orquídeas), então não me surpreendi. Usei Stella fielmente durante vários anos até decidir mudar para o Rose Essentielle, da Bulgari (com flertes ocasionais com as colônias de Grapefruit e Red Roses da Jo Malone). Nesse exato momento em que você está lendo este livro, posso estar com uma fragrância própria inteiramente nova. Estou sempre procurando perfumes extraordinários.

Se você ainda não tem um perfume próprio que adore, comece sua pesquisa. Descubra quais notas você prefere. Vá até uma loja com grande variedade e vendedores bem-informados e lhes diga que fragrâncias a atraem. Com sorte, eles oferecerão várias sugestões e até amostras para você levar para casa. Faça isso sem a menor pressa... Aproveite o processo e encontre um perfume ou colônia pelo qual você se apaixone — um que você ficaria feliz em usar como um cartão de visitas aromático.

Depois de alguns anos, reavalie se essa fragrância ainda representa quem você é. Nós mudamos — nossos gostos se tornam mais refinados. Depois de usar Stella por tantos anos, fiquei um pouco entediada, mas continuei a usá-la. Foi só quando descobri que outro membro da família também usava Stella que decidi procurar outra coisa. (Na minha opinião, não há espaço em uma família para duas pessoas usarem o mesmo perfume!) Descobrir que outro membro da família também usava Stella foi a inspiração de que eu precisava. O cheiro do Stella (que ainda era bom) não representava mais quem eu era — daí a mudança para o Rose Essentielle da Bulgari.

É uma sensação maravilhosa inclinar-se para cumprimentar alguém (ou se despedir) e sentir sua fragrância escolhida. Isso diz muito sobre a pessoa. Uma fragrância própria é um segredo íntimo compartilhado e proporciona um relance revelador sobre a feminilidade de uma mulher.

Unhas

Uma vez estava comprando algo em uma loja para mães nos Estados Unidos e notei (era difícil não notar) as unhas exageradas da vendedora. Ela tinha longas unhas de acrílico nos dedos com grandes desenhos em 3D colados em cada unha. Eram brilhantes, purpurinadas e *muito* chamativas. Aquela mulher adorava fazer as unhas. Ela estava contente tamborilando suas garras enquanto passava minhas compras e gesticulava muito. E se suas unhas não eram minha praia, para ela pareciam ser uma fonte infinita de alegria e uma maneira criativa de expressar sua feminilidade. Cada uma na sua.

Acho que nunca vi unhas de acrílico na França. Certamente, a moça com os desenhos em 3D seria uma anomalia por lá. A maioria das francesas (inclusive Madame Charme e Madame Bohemienne) tem unhas curtas e feitas, pintadas com base, tons neutros ou vermelhos.

Tento ir à manicure e à pedicure a cada duas semanas. Esses serviços são relativamente baratos nos Estados Unidos. (Nem tanto em outras partes do mundo. Descobri que, na Inglaterra, uma boa manicure/pedicure custa os olhos da cara!) Se você mora em um lugar onde manicures são acessíveis, pode ser divertido e relaxante fazer as unhas regularmente. Mas se isso não couber no seu orçamento, reserve um tempo para fazer as unhas em casa e torne isso uma boa experiência. É muito fácil fazer as unhas em casa, e esse pode ser um ritual relaxante. (Para aprender como fazer, veja meu tutorial no Youtube, "At Home Manicure".)

Normalmente uso o visual natural — unhas curtas e lixadas, com base ou esmalte em tom neutro ou vermelho. Encontre o visual certo para você. Minha amiga Danya usou recentemente unhas "*à la* Roy Lichtenstein", feitas pela artista Madeline Poole. Cada unha das suas mãos era uma homenagem a uma pintura de Lichtenstein — obras de arte em miniatura! Quer você veja suas unhas como minitelas ou prefira que estejam apenas limpas e lixadas, sinta o prazer de cuidar das mãos regularmente.

Cabelos

Cabelo na França tende a ser descomplicado. Uma boa escova é provavelmente o máximo de manutenção que uma mulher terá que fazer. O cabelo francês é muito sensual — sugere diversão e espontaneidade. A qualquer momento, ele está pronto para ser mergulhado numa piscina ou para que um homem lhe faça um cafuné — se você quiser. Parece muito sedoso e desalinhado. Ele não diz: "Mantenha distância. Não toque. Se tocar, um desastre pode acontecer!"

O corte que observei com mais frequência em Paris foi o clássico chanel na altura do queixo. Era esse que Madame Charme usava, assim como muitas outras mulheres. Não é um corte que as pessoas associem automaticamente à feminilidade, pois é curto e pode ser um tanto austero. Mas o chanel parisiense na verdade é muito feminino. É um corte curto, mas geralmente tem um bom movimento (não é rígido). Também imagino que não se leve muito tempo para se arrumar um cabelo com esse corte — deixando quem o usa com mais tempo para outras atividades. Sei que qualquer tempo extra que pudesse encontrar no dia seria bem-vindo e me faria muito feliz. (E sentir-se genuinamente feliz faz maravilhas pela feminilidade!)

Em minha universidade na Califórnia, uma das aulas de francês era dada por uma francesa que usava o clássico cabelo chanel. Essa professora era feminina, misteriosa, *francesa*. Sempre vestia roupas muito simples — uma blusa colorida de tricô ou suéter combinando com uma saia simples e sapatos de salto baixo (clássico do minimalismo francês). Ela exibia o visual cara lavada e poucas joias. Seu chanel louro coroava isso tudo, anunciando visualmente que seu look descomplicado era um tributo à sua beleza natural.

Entretanto, esse corte não é para todas... Quando voltei à Califórnia, experimentei-o de todas as formas em um momento de otimismo bastante espontâneo. Meu cabelo é muito cheio e ondulado, então, quando disse ao meu cabeleireiro que queria um corte chanel, ele tentou me dissuadir, mas nada podia me deter! Eu queria um chanel parisiense chique, que não exigisse esforço — um corte que me devolvesse o tempo que eu passava arrumando meu cabelo. Algo que pudesse se tornar meu visual próprio! Mas, infelizmente, com aqueles cachos selvagens que tendiam a encrespar, meu cabelo adquiriu uma curiosa forma de cogumelo e ficou, em resumo, bastante desfavorável. Mesmo que não tenha funcionado para mim, se o chanel clássico parisiense for algo que lhe interessa, experimente-o! Ainda fico feliz de ter tentado, pois, se não tivesse, continuaria curiosa a respeito dele... Se for tentar, espero que tenha mais sucesso que eu.

O segundo estilo de cabelo mais popular que vi na França era um corte feminino, sedoso, na altura dos ombros — que funcionava bem com cabelos lisos ou cacheados. As francesas raramente usam cabelos compridos mesmo — provavelmente porque desse jeito exigem muita manutenção. (Duas das minhas melhores amigas de Santa Monica, Bex e Amelia, têm belos cabelos longos cacheados. Seus cabelos sempre estão com uma aparência ótima — é encantador! Se meu cabelo fosse tão bonito, eu também o usaria comprido.)

Acho a simplicidade do cabelo francês animadora. Estou acostumada a ver apliques, cortes loucos e penteados exagerados, mas o visual natural me parece muito mais feminino. Madame Bohemienne tinha um cabelo cacheado que ia até a altura dos ombros. Era selvagem e não exigia grandes esforços, e ainda combinava com sua personalidade — essa beleza natural era uma parte efetiva de seu arsenal feminino.

Hoje me divirto fazendo experiências com meu visual. Meu cabelo, apesar de cacheado, tende a responder bem à escova. Assim, ou uso os cachos ou faço uma boa escova, que dura até três dias. Nos dias em que não quero usar o cabelo solto, faço um penteado fácil — um rabo de cavalo sedoso, um coque alto (muito na moda) ou um meio rabo. Para ocasiões especiais, uso cachos bem acentuados (feitos com um babyliss largo), ou um ondulado hollywoodiano antigo à la Veronica Lake.

O que quer que você decida fazer com seu cabelo — seja um estilo despreocupado e fácil como o chanel parisiense ou algo mais elaborado —, certifique-se de que esse visual vai deixá-la feliz e de que você vai conseguir fazê-lo com facilidade. Não há nada pior do que ser escrava do próprio cabelo. Encontre o estilo perfeito para você, talvez um estilo próprio, um que a liberte para aproveitar o dia e várias outras tarefas, com seu lindo cabelo como o maior acessório da sua feminilidade.

Contra o exagero

Sempre fico impressionada com as apresentadoras de jornal francesas. Você tem que assistir a um canal de TV francês (como a TV5 Monde) para entender o que estou dizendo. Essas mulheres exalam feminilidade! Elas não usam roupas muito decotadas ou curtas (como certas americanas), normalmente preferem o visual cara lavada, com cabelos sedosos e com bastante movimento, poucas joias de bom gosto e roupas simples e femininas. Por exemplo, seria bem normal ver uma delas com um suéter de caxemira lilás, um colar simples de ouro, batom ameixa e de cabelos soltos. A apresentadora não é a estrela ou o foco — a notícia é que é. Sua simplicidade lhe dá autoridade, *non*?

Todas conhecemos reality shows com donas de casa como *The Real Housewives*. As mulheres que participam desses programas parecem bem desmedidas com seus cabelões, brilhos, suas roupas complicadas e aqueles visuais superelaborados. Elas são tão exageradas que sua feminilidade fica escondida sob uma teia de produtos, etiquetas e cirurgias plásticas. Não fui a única a perceber isso. A atriz americana Jennifer Aniston recentemente abandonou sua marca registrada, os longos cabelos de pontas onduladas, e partiu para um corte bem francês na altura do ombro para evitar (como disse seu cabeleireiro) "parecer uma das personagens daquelas séries".

Acredito que o exagero desvia a atenção da mulher em si. É por isso que tendo a preferir estilos mais minimalistas. Prefiro ver a mulher a ver as roupas excessivas, os cabelos escandalosos, as sombras coloridas e as joias chamativas. A roupa não deve vesti-la; você deve vestir a roupa. Se estiver acostumada a se enfeitar demais, diminuir um pouco os adornos pode fazer com que se sinta meio despida. Com menos maquiagem, cabelo simples, joias de bom gosto, você, a mulher, estará mais exposta. Isso permitirá que a natureza impalpável da sua feminilidade fique em evidência — o que leva ao próximo ponto...

menos é mais

Impalpáveis

Discutimos os aspectos visíveis e tangíveis da feminilidade, mas acredito que os aspectos impalpáveis são os mais importantes. Autoconfiança, senso de humor, disposição para brincar e se aventurar — tudo isso é a base daquele não sei o quê a que tantas mulheres aspiram. Você pode frequentar os melhores salões, ter as roupas mais caras e as unhas mais bem-feitas, mas, se não tiver autoconfiança, tudo isso não vale nada.

Em Paris, comecei a descascar as várias camadas de constrangimento que obscureciam minha vida. Percebi que prendia demais o cabelo. Que meu casaco de inverno era muito grandão e sem corte e não valorizava as formas do meu corpo. Que eu evitava contato visual com estranhos interessantes por medo do que podia acontecer. Que eu ficava desconfortável em ter conversas próximas sob a luz do dia por medo de que as imperfeições da minha pele ficassem aparentes. Tomei consciência de todas essas coisas que me impediam de ser uma mulher magnífica.

Então, num dia frio em Paris, andando no metrô do 11e *arrondissement* dirigindo-me à faculdade, deixei que meus cabelos cacheados caíssem sobre os ombros e entreabri um pouquinho os lábios para mostrar o gloss novo que eu tinha comprado na Printemps. Senti que caminhava com leveza ao fazer esse esforço consciente para parar de esconder meu verdadeiro eu — para me despir do constrangimento a cada passo que eu dava. No caminho, vi um estranho bonito e bem-vestido parado à minha frente, na esquina, prestes a atravessar a rua. Nossos olhares encontraram-se. Sorri ao me aproximar e parei a cerca de um metro dele, sustentando seu olhar. Foi um olhar intenso, e eu estava completamente absorta naquele momento. Ele sorriu gentilmente e me disse, com admiração: "*Superbe.*" Sorri, não disse nada e continuei andando, feliz em saber que finalmente meus sentimentos estavam à mostra. O estranho acertara em cheio: eu realmente estava me sentindo... maravilhosa!

Récapitulation

- Cultive uma boa postura e monitore a si mesma constantemente até que isso seja natural.

- Explore o mundo dos perfumes e escolha uma fragrância como marca registrada ou como seu cheirinho básico. Delicie-se com o processo, já que o perfume é uma das grandes alegrias da vida!

- Esforce-se para ter sempre unhas bem-cuidadas — elas podem estar apenas lustrosas e lixadas ou com uma pintura mais elaborada.

- Um cabelo saudável com um corte atraente faz maravilhas pela feminilidade.

- Os aspectos impalpáveis da feminilidade, como a autoconfiança e o senso de humor, são o mais importante. Nunca se esqueça disso.

Parte 3

Como viver bem

Capítulo 10

SEMPRE USE O MELHOR QUE TIVER

Já descrevi o que se passou na minha primeira noite na casa de Madame Charme, quando ela me pegou indo até a cozinha para filar um lanchinho noturno. Naquele dia, também lançou um olhar esquisito para o meu pijama, mas só uma semana depois falou comigo a respeito dele.

O pijama em questão era uma velha e confortável combinação de calça de moletom branca e camiseta — a minha preferida para dormir. A calça estava bem macia por causa das inúmeras lavagens, e minha velha camiseta da faculdade me dava uma sensação boa de conforto. No entanto, uma semana depois, quando me dirigia à *salle de bains* de pijama, Madame Charme me parou. Seu olhar era de preocupação.

— Jennifer — disse ela —, fui eu que fiz isso quando lavei sua calça?

Isso era um buraco na altura do joelho (ah, sim, acho que me esqueci de mencionar o buraco, não é?).

— Ah, não — exclamei, ansiosa para tranquilizá-la —, esse buraco está aí há séculos!

O ar de preocupação no rosto de Madame Charme se tornou um ar de confusão.

— Por que você continua a usá-la se está com um buraco? — perguntou.

Lembro-me de olhar para ela, que estava com aquele robe-quimono chique e o cabelo ligeiramente preso.

— É uma boa pergunta — respondi, envergonhada. — Não sei.

E a verdade é que eu não sabia. Por que eu tinha levado minha velha calça esburacada da Califórnia para Paris (*Paris!*) para usar como pijama? OK, ela era confortável, mas não *tão* confortável assim. Instantaneamente, senti um misto de constrangimento, pavor e iluminação.

Agora, via minha velha calça com novos olhos. Ela não parecia mais tão confortável. Na verdade, ela só parecia *deplorável*. Olhei mais uma vez para Madame Charme com seu robe alinhado e aquelas pantufas delicadas. Ela jamais sonharia em guardar uma roupa que já tivesse dado o que tinha que dar, e seria ainda mais impensável levá-la para uma viagem ou usá-la na casa de alguém. Talvez eu precisasse ter mais discernimento das coisas.

Naquela tarde, fui até a loja Etam e comprei dois pijamas aceitáveis — um conjunto cor de creme com botões e uma bela camisola laranja com renda. A calça furada foi para o lixo.

Naquela noite, usei meu novo pijama creme para dormir. Não tinha sido caro, mas era o melhor pijama da minha vida, porque era um pijama de verdade. Antes, sempre usava moletons velhos e camisetões da escola para dormir, já que pijama era algo descartável para mim — qualquer coisa velha servia. No fundo, foi bom vestir aquele traje encantador — feito com o propósito de ser usado para dormir.

E o melhor de tudo é que meu novo pijama era tão confortável quanto meu velho moletom. Era o que eu tinha de melhor, e era um luxo usá-lo todas as noites. Essa foi a primeira vez que eu me respeitei o suficiente para perceber que merecia vestir artigos bonitos e femininos o tempo todo — não apenas durante o dia e em ocasiões especiais.

A Família Charme estava apresentável da hora em que acordava até ir para a cama (sempre com seus pijamas apresentáveis). Mas e quanto ao que eles usavam sob as roupas? Por educação, não descreverei suas roupas de baixo, mas contarei uma história sobre as minhas...

Certa manhã, alguns dias após minha chegada a Paris, Madame Charme perguntou se eu tinha alguma roupa para lavar. Era de manhã, antes de eu ir para a aula. Quando voltei para casa, minhas roupas estavam cuidadosamente dobradas na minha cama, mas minha roupa de baixo estava faltando. Verifiquei no armário, mas as peças também não estavam lá. Intrigada, decidi que iria perguntar sobre elas da próxima vez que visse Madame Charme. Aquela noite também foi a primeira vez que participei de um jantar com amigos da família. Estava me arrumando com pressa quando ouvi uma batida na porta. Saí do quarto a tempo de cumprimentar nossos convidados (um elegante casal mais velho) e ser apresentada. Quando rumávamos para a sala de estar para os aperitivos, tive a estranha suspeita de que minhas calcinhas perdidas estavam em algum lugar próximo e, ao olhar horrorizada para cima, deparei-me com elas penduradas em varais suspensos no corredor imediatamente acima de nós! Na época eu não sabia, mas como roupas de baixo francesas tendem a ser delicadas e de alta qualidade, Madame Charme tinha o hábito de pendurá-las para secar em vez de colocá-las na secadora de roupas.

Infelizmente, minhas calcinhas não eram nada sofisticadas e ainda por cima tinham cores berrantes e frases bobas, como "Drama queen!" ou "Sem chance!". Na hora me xinguei por possuir peças tão ridículas e jurei procurar artigos mais sofisticados no futuro. Felizmente, o pé-direito da casa da Família Charme era bem alto, e o corredor da cozinha ficava relativamente escuro, então, acredito que os convidados não devem ter visto minhas calcinhas deploráveis...

A filosofia da Família Charme de usar o que tinha de melhor não se limitava a roupas normais e roupas de baixo. Como você verá, eles aplicavam essa filosofia a todos os aspectos da vida.

À la table

Muitos de nós ganham copos de cristal ou porcelana como presentes de casamento. Na maioria dos lares, no entanto, essas coisas acumulam poeira no armário e só saem dali duas vezes por ano, na Páscoa e no Natal talvez. Nos outros 363 dias do ano, nossas refeições são servidas em pratos lascados e copos desparelhados. Por favor, diga-me que não sou a única que acha isso uma tragédia.

A Família Charme usava o que tinha de melhor em todas as refeições. Todas as noites, a mesa era arrumada com porcelana de qualidade e copos de cristal. Eles não tinham um conjunto de taças de vinho separado para jantares especiais — era cristal ou nada. Na cabeça deles, eles mesmos eram especiais o bastante para merecer isso. Arrumar a mesa com o que tinha de melhor elevava o nível do que seria apenas uma experiência casual. Fazia com que todos os dias fossem especiais e luxuosos.

Ocasiões especiais

Algumas pessoas podem argumentar que usar sua melhor louça todos os dias torna as ocasiões especiais não tão especiais. Para resolver esse problema, mude algo significativo no dia especial. Use a toalha de mesa delicada que pertencia à sua avó, traga a sopeira que normalmente não vê a luz do dia, ou acrescente um algo mais, como um espetacular arranjo de flores.

A casa

Todas já estivemos em casas com um cômodo-museu — um ambiente imaculado onde tudo está no seu devido lugar e o melhor que a família possui está à mostra. Normalmente, esse cômodo fica fora da área de circulação da família — permitindo que todos os itens permaneçam intactos. O problema de um cômodo-museu é que acabamos nunca entrando nele e nossas melhores coisas nunca são usadas!

Cada móvel do apartamento parisiense da Família Charme era o melhor. Eles não tinham um cômodo com cadeiras antigas e outro com o sofá da família que está ali para o cachorro e as crianças derramarem coisas. Sentávamos nas antigas cadeiras estofadas, apreciando as formidáveis obras de arte nas paredes, com os melhores tapetes persas sob nossos pés, enquanto tomávamos nossos aperitivos nas melhores taças de cristal — *todos os dias*. Seu melhor mobiliário decididamente conferia um ar luxuoso ao dia a dia e afetava tudo, da minha postura à maneira como eu me vestia e falava.

Mantenha apenas suas melhores coisas

Sobre esse aspecto, podemos usar o exemplo da minha calça furada. Madame Charme jamais teria tal peça. Ela teria se livrado daquilo no minuto em que percebesse que a peça já não estava com um aspecto apresentável (mas devo dizer que, primeiramente, ela jamais teria calças de moletom).

Assim como fez uma revista no seu guarda-roupa, examine sua casa com um olhar crítico. Torne-se um editor. Não se sinta tentado a usar algo que seja só mais ou menos. Evite o clássico mal do "deixar o melhor para depois". Como sabemos, esse "depois" raramente chega!

O melhor que você pode comprar

Depois de ler este capítulo, pode parecer tentador jogar fora tudo o que tiver e partir para uma farra de compras. Essa *não* é a mensagem que quero passar. Se de fato for às compras, é bom lembrar que o seu melhor deve ser o que pode pagar. É sempre inteligente comprar o melhor que podemos pagar. Qualidade sempre é o melhor investimento. Mas seu melhor pode ser desde o sofá velho da sua avó — reestofado e com almofadas novas — a um conjunto completo de pratos encontrado em um mercado de pulgas. Não estou defendendo que todas devemos sair para comprar porcelana Hermès para usar no dia a dia (embora não fosse nada mau). Se pratos Hermès cabem no seu orçamento, sorte sua! Se não, tudo bem. Você pode achar louça de qualidade em qualquer faixa de preço. Isso só requer pesquisa e olho clínico. A boa notícia é que, quando você se acostuma a usar o que tem de melhor, treina o olhar para procurar só o que é de qualidade.

Boas maneiras

A Família Charme tinha maneiras impecáveis e se portava assim diariamente. Eles adotavam a filosofia de "usar o que se tem de melhor" a seu comportamento com os convidados, é claro, mas também uns com os outros, todos os dias.

Muitos de nós utilizamos nossas melhores maneiras em público ou quando temos convidados, mas com nossos parentes próximos a gentileza e as boas maneiras desaparecem. Por exemplo, se você estiver em um canto da casa e quiser falar com seu marido ou sua esposa no canto oposto, pode querer gritar seu nome a plenos pulmões para evitar ter que ir até lá. Devo admitir que tenho vontade de fazer isso o tempo todo. Moramos em uma casa de vários andares e pode ser muito cansativo ir do térreo ao último andar para falar com alguém. Quando decido abandonar minhas boas maneiras e grito, instantaneamente me arrependo desse comportamento desagradável. Fico mais feliz quando faço um pouco de exercício e subo quatro lances de escada para pedir pessoalmente o que quero.

E quando lidamos com a falta de educação de estranhos ou, pior, de pessoas que conhecemos? Tenho uma vizinha mal-educada com quem cruzo frequentemente, já que ambas passeamos com nossos cachorros. Toda vez que a vejo, ela diz algo que me irrita (acho que não consegue evitar). Meu instinto me diz para ser mal-educada também. Por exemplo, se ela insulta meu cachorro porque ele está rosnando para ela, sinto vontade de dizer: "Ele está rosnando porque sabe julgar seu caráter." No entanto, em vez disso, tento usar minhas boas maneiras, desculpar-me e simplesmente andar em outra direção. Inevitavelmente, quando a vejo de novo, fico feliz em ter agido dessa forma em vez de ceder aos meus instintos básicos de retaliação. A longo prazo, usar as melhores maneiras traz mais satisfação.

Pratique seu melhor

Minha coluna preferida é a "Agony Uncle", de *Sir* David Tang, na seção "Casa" do jornal *Financial Times*. Na coluna, Tang dá conselhos sobre "propriedade, interiores, etiqueta, casa, festas e qualquer coisa que o esteja incomodando". Certa semana, um senhor escreveu reclamando porque a namorada arrumava a mesa do café da manhã de qualquer jeito aos sábados; só não fazia isso se tivessem companhia. A tal namorada alegava que se importar com tais coisas sem receber visitas era "*petit bourgeouis*", um pouco burguês. A resposta de Tang me pareceu bem acertada, na linha da filosofia de só usar o que tiver de melhor. Ele aconselhou o reclamante a sempre perseguir o que havia de melhor, especialmente quando estivessem sozinhos. E, ao fazer isso, não pareceriam forçados quando estivessem acompanhados.

Desenvolva o gosto pelo melhor

Celebre o dia a dia usando o que tem de melhor. Mantenha suas posses e ações nos níveis mais elevados. Fazer isso pode tornar o trivial especial, e a vida fica muito mais interessante.

Récapitulation

- Evite deixar o melhor para depois. Use o melhor que tiver todos os dias.

- Eleve o nível das refeições usando seus melhores pratos, copos, guardanapos e toalhas de mesa.

- Monte um arranjo de flores diferente ou cozinhe um prato bacana para marcar ocasiões especiais.

- Use os melhores cômodos da casa e evite abri-los apenas para ocasiões especiais e certos convidados. Você merece usar as melhores partes da sua casa todos os dias!

- Limpe e arrume sua casa, mantendo só o melhor que tiver.

- Quando fizer compras, compre as melhores coisas que puder pagar. Sempre leve em consideração seu orçamento para não ficar endividada.

- Use suas melhores maneiras diariamente, especialmente com os mais próximos.

- Pratique a arte de viver bem todos os dias — mesmo quando estiver sozinha. Fazer isso permite que você desenvolva o gosto por uma vida refinada.

Capítulo 11

VIVA A VIDA COMO
UM EVENTO FORMAL

Minha vida no sul da Califórnia era muito diferente da vida formal que eu levava em Paris com a Família Charme. No começo, eu me sentia meio excluída. Eles viviam como personagens de um filme de época. Tudo neles era formal — seu apartamento, suas roupas, seus modos, suas refeições e até sua música! Embora inicialmente eu me sentisse um pouco desconfortável com eles, no fim das contas, sua formalidade me arrebatou.

Nossa sociedade se tornou informal *demais*. A formalidade está quase em extinção. E, enquanto a vida em Paris tende a ser mais tradicional que a vida na Califórnia à qual eu estava acostumada, a formalidade da Família

Charme era única, em boa parte por causa de suas origens aristocráticas. A tradição corria em suas veias.

Caótico *versus* formal

Quando vivemos sem estrutura ou protocolo, quebramos regras, ignoramos tradições e perdemos as boas maneiras. Vale tudo. As refeições não são feitas em horários definidos; a televisão está sempre ligada. As visitas têm que se virar ("Você sabe onde estão as bebidas, não sabe? Pode se servir!"). Há um toque de caos em um lar excessivamente informal. Você nunca sabe o que esperar.

Viver formalmente significa honrar as tradições. Significa levar uma vida estruturada e obedecer aos protocolos. Formalizar rituais diários reforça sua importância. As refeições são feitas em horários regulares, a boa etiqueta é respeitada e os convidados se sentem bem-vindos. Os jantares de família ganham significado. Memórias são criadas.

O cotidiano da Família Charme era muito estruturado. Eu sempre sabia o que esperar, e isso não era ruim. Quando me acostumei às suas rotinas, soube como me adequar harmoniosamente a seu lar.

Por exemplo, as refeições eram servidas no mesmo horário todos os dias. Era bom poder confiar naquela constância. Durante as refeições, as pessoas não se levantavam das cadeiras, checavam os celulares ou assistiam à televisão. Sabíamos que, durante aqueles 45 minutos, estaríamos envolvidos com a comida e a conversa, sem distrações.

Interiores formais

O interior do apartamento da Família Charme no 16e *arrondissement* era decorado para uma vida formal.

No corredor de entrada, belos retratos do que pareciam ser seus ancestrais ficavam pendurados nas paredes. Aqueles retratos, em molduras suntuosas, podiam estar perfeitamente no Museu do Louvre e faziam com que você soubesse, a partir do momento em que entrava ali, que aquela não era uma família qualquer.

A sala de estar era decorada para a socialização, não para o descanso. Os assentos eram poltronas estofadas viradas umas para as outras para promover conversas, e a pequena televisão estava longe de ser o foco principal da sala. Sua antiga vitrola, na qual adoravam pôr para tocar música clássica, proporcionava o entretenimento noturno após o jantar.

A mesa da sala de jantar era coberta por uma toalha quando era arrumada para a refeição. Os pratos eram de porcelana estampada com desenhos clássicos em azul, e os copos eram de cristal. A mesa de jantar quase sempre tinha um arranjo de flores frescas, cuidadosamente arrumado por Madame Charme. O vinho era decantado em recipientes de cristal, e o café fresco era sorvido em delicadas xícaras azuis e brancas.

O lar da Família Charme era belamente equipado, mas nada era novo e reluzente. Tudo tinha um ar de coisa usada, confortável. O uso diário de tudo aquilo tornava a atmosfera da casa bem formal. Não havia bagunça (aspecto que abordarei no próximo capítulo); a falta de excessos aumentava o ar de formalidade. E, apesar de todo o mobiliário tradicional, o lar da Família Charme não tinha o ar intocável de um museu.

Guarda-roupa

A Família Charme sempre se vestia bem. Não faziam isso só em público e andavam de moletom e pijama em casa. Suas roupas eram sempre formais e eles ficavam muito confortáveis assim.

A maioria das pessoas tende a ter dois conjuntos de roupas, um para usar em público, outro para usar em casa. As roupas para usar em público tendem a ser apresentáveis e as de casa, desleixadas. Por exemplo, para relaxar podemos nos acostumar a vestir moletons largos no minuto em que chegamos do trabalho. Mas será que isso é realmente necessário? O que aconteceria se decidíssemos continuar apresentáveis em casa? Vestir boas roupas em casa afeta sua atitude de forma surpreendente. Você pode se sentir mais propensa a apreciar uma refeição formal na mesa de jantar em vez de ir comer informalmente no sofá. Ou você pode se inspirar a abrir a casa para os amigos e se divertir.

Hora das refeições

A hora das refeições *chez* Família Charme não servia apenas para matar a fome. As refeições eram eventos. Possuíam um senso ritualístico que era tradição na família há gerações. Por exemplo, toda noite, eles insistiam em me servir primeiro, pois eu era a convidada de honra. Então Madame Charme era servida, depois o marido, e por último o filho. Num primeiro momento, fiquei desconfortável e protestei contra o fato de ser o foco das atenções durante o ritual noturno. Mas, quando percebi que aquilo não era nada de extraordinário, que aquilo era o "normal", vi que deveria respeitar o costume participando dele. Todos vinham jantar prontamente, esperando na sala de jantar enquanto Madame Charme empurrava um carrinho com os pratos. Então ela ocupava seu lugar à mesa e servia cada um de nós. As refeições sempre tinham no mínimo três etapas: geralmente uma entrada, o prato principal, e a sobremesa e/ou tábua de queijos.

Você pode achar que o protocolo formal de nossas refeições era ditado pelos mais velhos da casa, Monsieur e Madame Charme, mas não era o caso. Certa noite, quando eles tinham ido jantar na casa de amigos, comi com três de seus filhos — o que morava conosco e seus dois irmãos mais velhos, que moravam em outros bairros da cidade. Pensei que teríamos uma refeição informal — quem sabe nos servindo na cozinha ou sentando em volta da mesa, passando as travessas com a comida um para o outro. Mas eles seguiram o mesmo protocolo usado quando os "adultos" estavam presentes. Na verdade, o jantar talvez tenha sido até *mais* formal. Como os dois irmãos mais velhos eram visitas, aquele encontro ganhou um ar de evento especial. Tomamos uísque como aperitivo na sala de estar. Então passamos para a sala de jantar para uma refeição de três etapas que Madame Charme havia preparado, consistindo em salada de presunto cru, quiche de tomate e tábua de queijos. Eles insistiram em me servir primeiro, como a convidada de honra. Depois do jantar, os meninos fizeram café espresso e seguimos para a sala de estar para continuar a conversa. Toda a experiência foi deliciosamente civilizada.

Rio só de pensar o que teria acontecido se minha irmã e meus primos tivéssemos sido deixados sozinhos pelos adultos naquela idade. Provavelmente teríamos pedido pizza e dado uma festa! Devo dizer que prefiro a formalidade daqueles irmãos. Aproveitei uma memorável e encantadora noite com eles e me senti realmente muito especial.

Como praticar a arte do ritual

Você pode tornar certos aspectos da sua vida mais formais ao praticar a arte do ritual. O cotidiano da Família Charme parecia consistir em um ritual depois do outro — desde a maneira como tomavam o café da manhã até a música clássica que botavam para tocar na vitrola após cada jantar. Crie rituais luxuosos para si mesma e sua família para transformar uma vida simples em uma vida refinada. Você pode se inspirar na Família Charme e colocar música para tocar depois do jantar enquanto aprecia seu café ou digestivo. Ou pode criar uma nova tradição para sua família. Talvez toda a família possa se arrumar mais para o jantar nos sábados à noite (até as crianças!) ou talvez vocês possam jogar xadrez em frente à lareira nas noites de sexta em vez de assistir à televisão.

Boas maneiras

Importar-se com boas maneiras e com etiqueta social é algo que (infelizmente) tem saído de moda. A sociedade se torna cada vez mais informal e abandonamos hábitos sociais consagrados. Ao ter modos impecáveis, você se distingue do número cada vez maior de pessoas que, bem... não faz isso.

Você pode se sentir estranha cultivando certos hábitos que parecem antiquados, mas, honestamente, essa é uma revolução que precisa acontecer. As pessoas a admirarão por seus modos impecáveis. Há certas regras de etiqueta que talvez pareçam muito formais, mas podem tornar o mundo um lugar mais agradável para se viver. Escrever cartas à mão, cumprimentar as pessoas, abrir a porta para os outros, ser discreta — são hábitos maravilhosos que devem ser resgatados. Lembre-se de ser sempre educada, dar a outra face quando lidar com pessoas rudes e prestar atenção nos seus modos.

Além disso, tratar todas as pessoas com respeito é bem importante quando se quer viver uma vida formal. Pode parecer formal demais fazer um aceno com a cabeça ao ver um conhecido e dar um bom-dia a todos que vir quando for passear com o cachorro, mas, quando você se acostumar, vai se sentir bem.

Também sou uma grande defensora de cumprimentar as pessoas antes de falar com elas. Isso vale principalmente para aqueles que estão servindo você. Na França, ninguém faz um pedido antes de cumprimentar o vendedor ou caixa de loja com um "*bonjour*". Esqueça o cumprimento e terá uma recepção bastante fria.

Quando jantar sozinha

Praticar a arte do ritual na mesa do café da manhã, almoço ou jantar, quando se come sozinha, pode inicialmente parecer enfadonho e inútil, mas você logo perceberá que traz vários benefícios. Coma com calma, use guardanapos de pano, sente-se reta e preste atenção aos seus modos. Isso pode ajudá-la a permanecer magra (fazendo com que preste atenção à comida e não coma demais) e evita que pareça falsa ou forçada quando estiver acompanhada de outras pessoas. Mas o mais importante é que ajuda a fazer com que a formalidade se torne um hábito.

O Sushi Roku é um de meus restaurantes favoritos em Santa Monica. Fica na Ocean Avenue, tem um salão com uma bela vista para o mar e a comida é absolutamente maravilhosa. Certa noite, estava lá jantando com meu marido e vi uma mulher muito bem-vestida pedir uma mesa para uma pessoa naquele salão cheio. Ela usava um vestido justo chique e seu longo cabelo exibia um belo penteado que lhe caía pelas costas. Ela se sentou sozinha, cercada pelo burburinho do popular restaurante em uma sexta à noite. Não levou um livro, não olhou o celular a cada instante nem mostrou qualquer sinal do constrangimento que se esperaria de uma pessoa que está jantando sozinha. Em vez disso, sentou-se com uma bela postura, pediu um generoso banquete, e ficou ali apreciando seus sushis, sashimis e coquetéis. Ela até pediu sobremesa! Quando terminou e pagou, levantou-se elegantemente, agradeceu ao garçom e se dirigiu à saída, deslizando pelo salão. Nunca esquecerei dessa mulher, que claramente aproveitava a vida e apreciava os aspectos formais de jantar fora — mesmo sozinha.

Se você fica ansiosa por exibir modos formais na mesa de jantar, simplesmente pendure seu constrangimento na entrada junto com o casaco. Mostrar uma etiqueta apropriada à mesa sempre é a melhor opção. Se estiver jantando com pessoas que não têm bons modos, talvez elas acompanhem seu ritmo — afinal, boas maneiras não são apenas formais, mas também contagiosas.

Roupas

Eu realmente acho melhor estar muito bem-vestida a estar malvestida em qualquer situação. Qualquer desconforto que eu possa sentir quando estou vestida mais formalmente que os outros é menor do que o que sinto quando fica claro que não me esforcei tanto quanto as outras pessoas para exibir uma boa aparência.

Há certas ocasiões que sempre pedem um visual mais refinado, como qualquer reunião em homenagem a alguém ou quando os outros se empenham para agradá-la (por exemplo, num espetáculo, como uma peça de teatro). Não saberia dizer a quantos chás de panela e de bebê já fui em que me deparei com escolhas de roupas impróprias, como jeans. Não me entenda mal. Adoro jeans e os uso o tempo todo, como todo mundo, e é exatamente por isso que não se deve usar jeans em ocasiões especiais. Pelo menos a maioria dos convidados que vi de jeans *tentou* torná-los mais elegantes, com belas joias e um suéter ou casaco, mas não estou mentindo quando digo que já vi convidados de jeans, camiseta e tênis esportivos! Um visual que eu não usaria nem para malhar! (Desculpe o tom exaltado, mas uma falta tão clara de respeito e boas maneiras me irrita.) Um chá de panela ou de bebê é uma ocasião em que você está homenageando alguém — seja a mãe e seu bebê ou a futura noiva. Tais ocasiões são oportunidades perfeitas para celebrar o ritual e a formalidade. Vista-se de acordo e use algo especial.

Nunca é apropriado vestir short, chinelos, tênis ou jeans informais (rasgados, puídos ou com cara de sujos) para ir ao teatro. Vou me arriscar aqui, dizendo que se pode usar jeans em produções teatrais mais informais, como improvisações ou peças alternativas. Mas, antes, assegure-se de que o jeans veste bem em você, de que seja preto ou azul-escuro e de que esteja combinado com sapatos de salto ou botas para torná-lo mais elegante, e arremate o look com algo especial, como um blazer de veludo. O que quer que faça, pense com estilo. Ano passado, meu melhor amigo Newton e eu fomos a uma peça em Los Angeles. Ele usou jeans escuros, sapatos de couro com cadarço, camisa social, um blazer cinza e estava maravilhoso (com um visual totalmente adequado); então, isso é possível.

Adquira o hábito de se vestir bem. Comece se arrumando para jantar. Adoro assistir a filmes e programas de televisão em que os personagens se vestem especialmente para jantar (o inspetor Poirot de Agatha Christie me vem à mente). Quanta diversão! Estar bem-vestido para qualquer coisa, de viajar de avião a ir à ópera, vai ajudá-la a viver uma vida mais refinada e formal.

Você deve estar se perguntando se a Família Charme alguma vez, digamos, se soltava e andava pela casa de pijama. A resposta é *non*, mas tenho uma historinha sobre Monsieur Charme em um momento mais descontraído. Perto do fim da minha estada com eles, minha prima Kristy veio dos Estados Unidos me visitar. Numa tarde de domingo, resolvemos nos aventurar e explorar a cidade. Apenas Monsieur Charme estava em casa. Ele fumava seu cachimbo e assistia ao noticiário na televisão (algo raro na Família Charme). Despedimo-nos dele e tomamos nosso rumo. No meio da escada, senti falta dos meus óculos escuros, e então voltamos ao apartamento para buscá-los. Quando chegamos, encontramos Monsieur Charme onde o tínhamos deixado, fumando seu cachimbo, mas agora sua camisa estava para fora da calça e seus pés apoiados em um pufe. Quando nos viu entrando pela porta, rapidamente se sentou reto e enfiou a camisa para dentro — tudo isso se desculpando. Sentindo-me culpada por ter entrado quando sua guarda estava baixa, peguei meus óculos, desculpei-me por assustá-lo e saí novamente.

Já do lado de fora, minha prima e eu nos olhamos e sorrimos. A natureza cavalheiresca de Monsieur Charme era encantadora.

Mais ideias sobre como tornar sua vida mais formal

Música

Se você ainda não está familiarizado com a música clássica, dê uma chance a ela. Compre algumas coletâneas e ponha para tocar como música de fundo durante seu dia. Esse tipo de música tem o dom de fazer qualquer coisa parecer mais importante. Aquele ritual da Família Charme de pôr música clássica na vitrola todas as noites depois do jantar era o meu favorito. Fazia com que eu me sentisse em um filme de época, e eu adorava.

Você pode adorar música clássica, mas se sentir boba ou pretensiosa por ouvi-la quando estiver recebendo convidados. Quanto a isso, digo que a casa é sua e é você quem define o tom da reunião. Acho que nunca fui a uma casa onde estivesse tocando música clássica (exceto a da Família Charme, é claro). Eu ficaria emocionada ao ouvir esse tipo de música em um jantar com amigos! Se você ainda se sentir intimidado, torne a transição mais fácil. Escolha uma faixa que estimule seus convidados a conversarem. Sou uma grande fã do San Francisco Saxophone Quartet. Eles tocam uma bela música clássica e, quando você os ouve, não consegue perceber de cara que o que está ouvindo não é um quarteto tradicional de instrumentos como oboés, trompetes, violinos e trompas. É claro que especialistas em música saberiam distinguir, mas até eles podem ser surpreendidos.

A arte perdida de escrever cartas

De vez em quando, escreva uma carta em vez de mandar e-mail. Há pouco tempo, quando estava na casa dos meus pais, revirei uma caixa de coisas antigas no meu velho quarto. Encontrei dezenas de cartas que minha prima e eu trocávamos quando mais novas. Foi muito divertido ler essas cartas novamente. Em certo momento, ri tanto que até chorei, lembrando o quanto eu era boba! Comecei a ficar triste por não escrevermos mais cartas. Hoje nossa correspondência flutua no vasto mar do ciberespaço.

Escrever cartas é uma arte perdida. Faça um mimo a si mesma e se dê de presente um bom material de papelaria — talvez com seu nome ou com suas iniciais (aliás, isso também é um excelente presente para dar para as pessoas). Mande uma carta a alguém querido sem um motivo especial. As correspondências podem ser bem deprimentes hoje em dia — geralmente são apenas contas, ofertas de cartão de crédito ou propagandas. Pense na agradável surpresa que teria o destinatário de uma bela e agradável carta formal!

Linguagem

Aprenda uma nova palavra todos os dias e incorpore-a em suas conversas. Enquanto escrevo isso, por exemplo, a palavra do dia na minha página inicial da internet é *refutar* — verbo que significa *invalidar com um argumento*. Eu a desafio a me *refutar* quando digo que nossa sociedade se tornou informal demais!

A linguagem não apenas se tornou excessivamente informal com a disseminação das gírias, mas também muito suja. Não me entenda mal, algumas palavras sempre foram sujas. Estou apenas reparando que palavras feias são ditas muito mais livremente em público do que antigamente. Há pouco tempo, estive em diversas lojas em que ouvi funcionários xingando. Isso é tão inapropriado! É claro que não estou dizendo que nunca xingo. Algumas palavras realmente têm que ser ditas em certas ocasiões (como quando damos uma topada com o dedão do pé), mas tento manter a boca limpa a maior parte do tempo. Se você sentir vontade de xingar, tente ser mais criativa em suas explosões. Tente algumas palavras como: *maçante*, *enervante*, *desconcertante* ou *ignóbil*.

Uma palavra final

Você deve definir o que significa para você viver uma vida formal. Não estou sugerindo que todas nós paremos de usar jeans, assistir à televisão e ouvir hip hop. Nada disso! O que sugiro é que analisemos os aspectos

da nossa vida que poderiam ter um pouco mais de classe. Que, ao intro-
duzirmos elementos geralmente considerados "formais" em nossas vidas,
possamos ter uma existência mais interessante e transmitir bons hábitos aos
nossos filhos e às pessoas com quem temos contato.

Récapitulation

- Para viver bem, adicione tantos aspectos formais à sua vida quanto quiser.

- Crie para sua família rituais formais e tradições que enriquecerão seu dia a dia.

- Preste atenção aos seus modos e sempre se porte da melhor maneira possível.

- Pratique os padrões formais de etiqueta, mesmo quando estiver jantando sozinha, de modo a tornar a refeição especial.

- Vista-se adequadamente para qualquer ocasião e lembre-se de que é melhor estar arrumada demais do que de menos.

- Estimule seu gosto pela música clássica e escute-a ao longo do dia.

- Escreva mais cartas. Pense em como quem receber vai ficar empolgado!

- Incremente seu vocabulário incorporando novas palavras ao seu repertório para evitar uma linguagem informal demais.

- Determine o que viver uma vida formal significa para você e sua família, e aproveite!

Capítulo 12

Bagunça não é chique

Não estou exagerando quando digo que a casa da Família Charme não tinha bagunça alguma.

Não havia uma pilha de correspondências esperando para serem abertas na mesa da cozinha. Não havia sapatos e casacos acumulados na entrada. Não havia receitas velhas, cardápios de restaurantes ou moedinhas perdidas espalhadas na mesinha. Os chinelos de Monsieur Charme não ficavam jogados no meio do corredor.

Tudo tinha seu lugar e, durante todo o tempo que vivi com eles, nunca vi nada desarrumado. Talvez fosse por causa dos belíssimos retratos de seus ancestrais pendurados pelo corredor — eles pareciam estar julgando quem entrasse por aquela porta. Provavelmente, eu também não deixaria uma pilha de correspondências inúteis largada bem à vista daqueles olhares austeros! Ou talvez fosse porque a Família Charme adorasse viver bem, e viver em meio a uma bagunça constante é a antítese disso. Afinal, bagunça não é chique.

O que é bagunça?

Pode-se definir bagunça como qualquer coisa na sua casa que você não adore de fato. Você pode ter recebido de uma pessoa querida um presente que não combine com a decoração da casa. Você não gosta mesmo da peça, mas se livrar dela feriria os sentimentos de quem o presenteou. Ou talvez esteja mantendo algo por razões sentimentais apesar de, no fundo, saber que poderia viver sem aquilo. Essas coisas formam a bagunça. Bagunça também é o acúmulo de várias coisas que não pertencem a determinado lugar. Chaves, celular e carteira no meio da sala de jantar são bagunça. Geralmente você sabe o que ela é. Você sabe, porque olhar para aquilo a irrita.

Dito isso, acredito piamente que uma casa não deve ser completamente despida de sua personalidade na ânsia por banir a bagunça. Não considero bagunça itens de coleção ou relíquias sentimentais. Sua amada coleção de louça — peças estampadas expostas na sala de jantar, por exemplo — não é bagunça. Mas seja honesto consigo mesmo. Colecionar coisas apenas por colecionar pode ser um sinal de que você tem problemas com bagunça. Ter uma coleção de xícaras de chá, uma de moedas, uma de soldadinhos de chumbo ou de bonecos, por exemplo, pode ser um exagero, mais inutilidade que coleção propriamente. Os bonecos não poderiam ser passados adiante? Sempre dê um jeito de priorizar algo.

Vá devagar

Decida quais áreas da casa precisam ficar livres da bagunça. Assim como fez quando arrumou seu armário, vá devagar e não faça mais do que pode em uma única sessão. Não há nada pior que ambições elevadas demais, como tirar tudo do armário e, meia hora depois, querer parar, apesar de ter examinado apenas um terço da bagunça. Seja realista e perceba que cumprir uma pequena tarefa por dia (seja uma gaveta de porcarias, uma pilha de arquivos ou parte do guarda-roupa) pode ser um estímulo, ajudando-a a manter o entusiasmo para partir com tudo para a tarefa do dia seguinte.

Diga não ao consumismo

Reduza radicalmente a quantidade de coisas que leva para casa. Não precisamos comprar tanto. A Família Charme não era consumista. Eles não estavam constantemente comprando e levando coisas para casa; assim, tinham menos objetos para administrar e guardar. Essa ideia será explorada mais detalhadamente no capítulo "Diga não ao novo materialismo".

Treine outras pessoas

Madame Charme fazia a maior parte do trabalho doméstico e não tinha uma faxineira. No entanto, nunca precisava ficar correndo atrás dos membros da família como uma louca. Ela era a dona de casa mais calma e senhora de si que já vi. Talvez essa postura fosse resultante, principalmente, do fato de que os homens da casa eram muito respeitosos e não faziam bagunça. Monsieur Charme e seu filho sempre arrumavam suas coisas. Tenho a impressão de que Madame Charme os havia treinado na arte de manter uma casa sem bagunça. Eles simplesmente não deixavam coisas espalhadas em todos os lugares ou em *qualquer lugar*.

É claro que dar cabo da bagunça poderia ser muito fácil se vivêssemos sozinhas e tivéssemos nosso próprio sistema de organização. Mas aí nos sentiríamos sós, e a vida não seria divertida. Então precisamos descobrir uma maneira de viver harmoniosamente com nossos maridos ou nossas esposas, filhos, animais de estimação ou ainda o amigo com quem dividimos o apartamento sem nos tornarmos tiranos com relação à bagunça.

E como "treinar" os membros da família sem parecermos mandões, neuróticos ou chatos? Pedidos educados, lembretes gentis e intervenções sutis são necessários nesse caso. Comentários como "Querido, você poderia deixar de ser tão porco?" não funcionam (digo isso por experiência própria). Se pedir com educação e lembrar com gentileza não funcionarem, talvez seja necessária uma conversa. Se possível, tenha essa conversa acompanhada de uma xícara de chá e uma fatia de bolo. Formalizar a questão enfatiza a importância da mensagem e tornará o novo sistema mais agradável para seus "alunos".

Sobre uma vida estruturada e disciplinada

A Família Charme tinha uma vida muito disciplinada e bem-estruturada; eles adoravam a rotina e dificilmente se afastavam dela. Você jamais veria

Monsieur Charme deixar seu cachimbo uma noite na mesa e na cozinha na noite seguinte, por exemplo. Ele tinha um lugar para o cachimbo e ali o colocava todas as noites depois de usá-lo. Sem exceção.

Manter uma casa livre de bagunça requer disciplina. Comece a observar seus hábitos como alguém de fora. Por exemplo, quando chega, coloca sua bolsa sempre no mesmo lugar? Ou se distrai ao entrar pela porta e sua bolsa às vezes fica na mesa de apoio e não no armário do corredor? E seus pratos? Depois do café da manhã, sua tigela de cereais acaba perto da lava-louça, mas não dentro dela?

Você pode se educar criando uma rotina. Por exemplo, se nunca deixa seus chinelos no mesmo lugar, escolha um local para eles e se habitue a deixá-los ali todas as noites. Ao pé da cama, talvez. Essa disciplina pode ser aplicada a quase tudo o que você possui: sapatos, casacos, jornais, revistas etc.

Colocar as coisas no lugar apropriado é realmente muito fácil e leva muito menos tempo que ter que procurá-las cada vez que precisar delas. Aquela tigela de cereal na pia poderia ter ido facilmente para a lava-louça, ficando fora de vista. Por que lidar com ela duas vezes?

Isso me lembra do período em que minha sogra veio de Londres nos visitar. Certa tarde, ela estava gentilmente tomando conta do bebê enquanto eu me dava ao luxo de lavar o cabelo — pois, como bem sabem muitas mulheres com filhos pequenos, isso realmente é um luxo! Tomei o tão necessário banho quente e passei o secador no cabelo. Quando olhei para o relógio, percebi quanto tempo havia levado e fiquei preocupada, pois minha sogra poderia estar com vontade de voltar para o hotel. Então, em vez de guardar minha parafernália capilar (secador, escova redonda, vários grampos e dois produtos de finalização), me vesti e subi para agradecê-la por tomar conta do meu filho. Achei que poderia arrumar a bagunça depois. Acabou que ela não precisava voltar para o hotel e ficamos brincando um pouco mais com o bebê. Em dado momento, minha sogra precisou pegar algo no banheiro. Como eu estava ocupada com o bebê, esqueci completamente da zona que tinha deixado no banheiro principal! Normalmente o mantenho bem-arrumado e por isso não pensei duas vezes antes de deixá-la ir até lá. Mais tarde, quando ela foi embora, voltei ao banheiro e fiquei muito envergonhada com a bagunça que eu tinha deixado que visse.

Eu teria levado apenas um minuto para arrumar tudo, mas não fiz isso. É claro que, na única vez em que dei uma derrapada, minha sogra (que mantém suas casas impecáveis) estava lá para ver! Essa amostra da lei de

Murphy é muito similar à que discuti anteriormente: se sair de casa toda desarrumada, você vai cruzar com um ex ou com uma amiga da onça. Digamos que, depois do incidente do banheiro, aprendi a lição! Agora tento manter tudo à minha volta o mais arrumado possível sob qualquer circunstância. (Com um bebê, às vezes não tem como ficar muito arrumado — mas qualquer coisinha ajuda!)

Administrando itens do dia a dia

É importante ter um local escondido para manter chaves, celular, carteira, óculos escuros e bolsa. É preferível que este lugar fique perto da porta de entrada de modo que esses itens possam ser guardados imediatamente. Também é prático manter suas chaves sempre no mesmo lugar, para não perdê-las.

Nunca vi chaves, carteiras ou celulares da Família Charme perdidos pela casa e eles *nunca* estariam na mesinha de apoio. Encontrar um lugar para as chaves ou a bolsa não parece ser um grande problema — mas para mim era. Isso era uma grande questão na nossa casa, o que me frustrava bastante! Não temos uma entrada tradicional lá em casa. A porta da frente dá para as escadas que levam à sala de estar. Assim, a entrada não tem um lugarzinho para colocar todos esses itens de uso diário. No entanto, há um armário no topo da escada, e pensei que esse seria o lugar ideal. Mas todos os dias quando chegávamos, meu marido e eu colocávamos nossas coisas na mesa de jantar, em vez de usarmos o armário do vestíbulo. Por que nos opúnhamos tanto a colocar nossas coisas naquele armário — justamente onde eu achava que deveríamos colocá-las? Resolvi investigar.

Nosso armário do vestíbulo estava abarrotado. Havia tantos casacos e jaquetas ali que, se chegasse um convidado, não haveria espaço para mais um casaco! Então, o casaco e a bolsa do convidado inevitavelmente iriam para o espaldar de uma cadeira da sala de jantar — o que não é uma boa opção. Especialmente se ele veio jantar, obrigando você a retirar o casaco quando todos precisassem se sentar para comer. Tudo aquilo me incomodava. Eu sonhava em receber alguém em casa, perguntar se poderia pegar seu casaco e colocá-lo bonitinho no armário do vestíbulo. No entanto, na verdade, se eu abrisse aquela porta, haveria uma boa chance de raquetes de tênis, guarda-chuvas e uns tantos outros objetos pularem dali de dentro — envergonhando a todos.

O armário do vestíbulo deve guardar apenas os casacos que você usa com mais frequência e uns quatro cabides estofados ou de madeira para os casacos dos convidados. Também tenha cuidado com o lugar onde guarda os sapatos. Usávamos aquele armário para todos os sapatos. Eram tantos que eles ficavam empilhados sobre o aspirador (que precisávamos guardar nesse armário). Então, toda semana, no momento em que a faxineira ia pegá-lo, soltava um grito (e provavelmente me xingava em silêncio) quando aquele monte de sapatos pulava em cima dela.

Acabei tirando tudo do armário e, como você pode adivinhar, muito do que estava enfurnado ali foi enviado para a lixeira ou para caridade. Encontrei velhos travesseiros de viagem, recibos, botas Ugg de dez anos (!) e equipamentos esportivos que nunca usamos!

Depois de limpar o armário, pendurei um organizador na porta para abrigar itens variados. Levou um tempo para mudarmos nossos hábitos e realmente utilizarmos o armário, mas agora fazemos isso e nossa mesa de jantar está sempre livre e pronta para o uso.

Ao conseguir identificar as áreas de bagunça da casa, você se torna sensível a elas. De repente, uma gaveta ou um canto bagunçado que não o incomodava antes começa a incomodá-lo... e muito. Com a ajuda da faxineira, livrei-me da maioria das gavetas de entulho de nossa casa. No entanto, eu nunca conseguia arrumar duas delas — e percebi que eram as mais importantes. Meu marido e eu temos mesinhas de cabeceira ao lado da cama em nosso quarto. As gavetas dessas mesinhas têm de tudo, de moedas e canetas a isqueiros, livros, revistas e catálogos. Uma bagunça! Elas estavam bem ao lado de nossa cabeça durante as oito horas de sono. Certa noite, não consegui dormir porque estava pensando naquela bagunça a apenas alguns centímetros. Organizei as gavetas no dia seguinte.

Mais dicas para manter uma casa sem bagunça:

- Crie um sistema de arquivo para correspondências. Recicle o correio inútil imediatamente e guarde as contas e correspondências importantes em uma caixa ou pasta (que fique escondida) para organizar depois.

- Invista em móveis com espaço para armazenagem. Compramos um grande pufe para usar como mesa de centro. Adoramos essa peça, pois ela se abre como um baú e guarda todos os controles remotos e DVDs.

Ter uma vida sem bagunça pode ser extremamente compensador. Você merece viver bem, num espaço harmonioso. Seus pertences merecem ser armazenados direitinho. Ao morar em um ambiente sem bagunça, você define um padrão para viver com qualidade de vida em casa. Isso gera inúmeros benefícios.

Récapitulation

- Analise quais áreas da sua casa precisam ser arrumadas. Seja honesta consigo mesma.

- Ataque com toda calma cada núcleo de bagunça e não faça mais do que pode a cada sessão de arrumação.

- Mantenha seus armários de roupas, da cozinha, e gavetas sem bagunça. Como tendemos a esconder bagunça nesses locais, acabamos sem espaço apropriado para os itens do dia a dia.

- Diminua a quantidade de coisas que traz para casa. Só compre coisas de que realmente precisa.

- Descubra um sistema que funcione para os outros habitantes da casa. Assegure-se de que todos vão se engajar em seu plano.

- Lide com coisas como arquivos e correspondências o mais rápido possível para evitar que virem uma catástrofe de bagunça.

- Tenha uma vida estruturada em casa e seja rígida consigo mesma quanto a manter as coisas no lugar.

Capítulo 13

PROCURE AS ARTES

Apesar de você não poder adivinhar isso pelos capítulos anteriores, não fui para Paris para relaxar, passear e observar o estilo de vida das pessoas, mas para estudar e aprimorar meus conhecimentos. Estudei francês, teatro e história da arte, e a cidade era minha sala de aula. Às segundas-feiras, por exemplo, discutíamos pinturas na aula de história da arte, e às quartas íamos vê-las em algum dos grandes museus de Paris, como o d'Orsay ou o Louvre. Como dever de casa, líamos peças de teatro — como *O burguês ridículo*, de Molière — e, na semana seguinte, víamos uma apresentação da peça na Comédie Française. Como você pode imaginar, eu estava no paraíso.

Essa imersão total nas artes era uma experiência excelente para mim. Nossos professores não apenas nos mostravam instituições mundialmente famosas, como o museu do Louvre ou a Ópera de Paris, mas também museus e teatros menores e menos conhecidos.

Uma experiência inesquecível foi assistir à peça *A cantora careca*, de Ionesco, em um pequeno teatro de apenas cinquenta lugares. Ficamos tão perto dos atores que parecia que estávamos no palco.

Sempre me interessei por arte, especialmente por teatro (estudei teatro na faculdade), mas nunca a havia incorporado tanto à minha vida quanto nesse tempo que passei em Paris. Como resultado, minha vida parecia mais rica e satisfatória. Ir ao teatro ou a uma exposição toda semana me mantinha mentalmente em forma. Em vez de sentar e comentar sobre o último escândalo das celebridades, meus amigos e eu discutíamos a respeito de coisas mais interessantes. Analisávamos peças e filmes. Tínhamos conversas filosóficas. Passei a me compreender melhor e tinha a sensação de que fazia parte da cultura que tanto apreciava.

Música

Quando criança, tive aulas de piano por muitos anos. Também toquei saxofone na banda da escola. (Meus amigos hoje se surpreendem com o fato de eu ter tocado saxofone. Então, digo-lhes que queria ser como a Lisa, dos Simpsons!) O conjunto de sopros do segundo grau se reunia na sala de música antes das aulas e ensaiava durante uma hora e meia. Eu reclamava por ter que acordar tão cedo, mas devo admitir que começar o dia com música era maravilhoso.

Gosto de ouvir música o dia inteiro (enquanto escrevo isso, estou escutando *La Voix du Violloncelle*, de Yo-Yo Ma). Ouvir música realmente pode afastar você de seus problemas. Também pode inspirar criatividade. Nunca me sento para escrever sem colocar para tocar uma música inspiradora. Nem sempre é música clássica — embora seja minha favorita. Escuto de tudo, de Paul Simon a John Legend, de Robin Thicke a Coldplay e Yo-Yo Ma. Se você tem a sensação de estar vivendo no piloto automático ou sem paixão, acrescente música à sua vida. Talvez você tenha tocado um instrumento quando criança. Ou quem sabe não ficava ouvindo no quarto, na época da faculdade, Dave Matthews Band ou Bob Dylan? Aqueles eram dias despreocupados e excitantes, não? Não há razão para seus dias atuais não serem assim.

O êxtase que a Família Charme parecia sentir quando ouvia música clássica depois do jantar era revigorante. Eles eram conhecedores de música e faziam dela parte importante do cotidiano. Você pode fazer o mesmo. Não seria bom ouvir música depois do jantar em vez de ter toda a família prostrada no sofá em frente à televisão? A música pode realmente criar uma atmosfera especial em casa, mas, mesmo assim, muita gente só a escuta quando tem visitas. Gosto de ouvir música todas as horas do dia. O som não fica ligado o dia todo, mas pode entrar em ação a qualquer momento para uma sessão de dança improvisada (muito útil para incorporar exercícios ao seu dia). Além disso, todo dia de manhã, quando coloco minha filha na cadeirinha para lhe dar o café da manhã, deixo alguma música tocando. Assim me lembro dos meus dias no conjunto de sopros da escola, quando iniciávamos o dia com música. Ela faz tudo começar com o pé direito.

Se você quiser dar um passo adiante, por que não cria seu próprio grupo musical? Um dos meus escritores favoritos, Alexander McCall Smith, é membro da Really Terrible Orchestra (RTO) — um grupo britânico de músicos amadores que se juntaram para fazer um som. Eles são muito honestos quanto à natureza amadora de suas habilidades musicais (daí o nome, a orquestra realmente horrível), mas se divertem muito e têm fãs pelo mundo inteiro.

Quando morava em Paris, estava sempre cercada pela música. Muitas vezes, ela vinha com os tocadores de acordeão que entravam no metrô para ganhar uns trocados. Mas uma noite, descobri algo especial. Foi num dos loucos jantares promovidos por Madame Bohemienne, com pessoas ligadas à arte como convidados de honra, que descobri o segredo do quarteto da meia-noite do Louvre.

—Você nunca ouviu falar sobre o Louvre à meia-noite? — perguntaram espantados, pois eu já estava em Paris havia alguns meses.

— *Non!* — respondi, inclinando-me sobre o prato de *coq au vin*. — Não querem me contar?

Os convidados de Madame Bohemienne me disseram que, com alguma frequência (geralmente uma vez por semana — mas era impossível ter certeza — e raramente no mesmo dia), um grupo de músicos tocava de graça no pátio do Louvre à meia-noite. Aquilo era tão espetacular — tão romântico! Nós tínhamos que ir.

E fomos. Não sei ao certo como descobrimos o dia em que o quarteto iria tocar, mas, numa noite fria no começo da primavera, meus amigos e eu fomos até um dos pátios do Louvre e encontramos um quarteto de cordas.

Apenas um pequeno grupo de pessoas espalhado pelo pátio ouvia aquela bela música. Não havia cadeiras; as pessoas se sentavam na beira da fonte ou sobre uma manta ou um lenço no chão.

O quarteto tocou lindamente por cerca de uma hora — Mozart, Chopin, Brahms. Lembro-me de estar em êxtase — feliz da vida por estar ali sob as estrelas naquela bela cidade, perto daquele belo edifício que guardava algumas das mais importantes obras de arte do mundo, cercada por amigos e ouvindo aquele "concerto secreto" — na verdade, achando a vida maravilhosa...

Não tenho certeza se os concertos secretos do Louvre ainda acontecem à meia-noite, mas, se você estiver em Paris, *allez*... quer dizer, vá assistir...

Artes visuais

Madame Bohemienne era uma mecenas das artes. Ela se deliciava com as exposições no Centre Pompidou e frequentemente convidava artistas para seus loucos jantares. Uma noite, nós a acompanhamos ao Centre Pompidou para uma exibição privada de uma coleção de desenhos e esculturas de Alberto Giacometti. Aquela noite foi mágica. Parecia que eu via arte em todos os cantos de Paris.

Você se lembra do Professor Impecável, que me dava aula de história da arte em Paris e amava a beleza? Suas aulas incríveis mudaram para sempre minha maneira de ver a arte.

Meus momentos favoritos em Paris eram aqueles em que íamos aos museus com o Professor Impecável. Parávamos, olhávamos e absorvíamos tudo. Todos nós ficamos atordoados diante de *A origem do mundo*, de Gustave Courbet. Notamos a mensagem moral da devassa obra-prima de Thomas Couture, *Os romanos da decadência*. Achamos curioso como a forma feminina havia mudado nas pinturas de Picasso ao longo de seu casamento, à medida que ele ia se tornando mais amargo em relação à esposa. Eu gostava especialmente de retratos. Quando um pintor é bom (e se ele está no Louvre ou no museu d'Orsay, pode contar que é), o retrato consegue capturar a alma do retratado. Um dos meus retratos favoritos é o de Berthe Morisot, feito por Edouard Manet, pintor do século XIX. Ela está de luto, segurando um pequeno buquê de violetas — sua expressão é misteriosa e, ao mesmo tempo, vulnerável.

Não vou mentir: antes de viver em Paris, achava que museus eram um pouco chatos. De vez em quando, ia a alguma exposição em um museu ou galeria de Los Angeles — mas geralmente só se algum grande nome viesse à cidade, como Van Gogh ou Picasso. Mas, depois de estudar com o Professor Impecável, o mundo da arte ganhou vida para mim. Se você puder ter aulas de apreciação artística em sua comunidade ou museu local, faça isso. Aprender a apreciar arte pode mudar o modo como você vê o mundo à sua volta.

Aventure-se em seu museu local. Muitos de nós vivemos em cidades grandes e só fomos a um museu maior uma ou duas vezes, por considerá-los atrações turísticas. Mas, quando viajamos, inevitavelmente visitamos museus em outras cidades. Tenho muita sorte em viver perto dos museus Getty de Los Angeles e Malibu. A entrada dos dois é gratuita — um presente para a comunidade! Sempre que posso vou visitá-los. Na verdade, minha grande amiga Jen e eu gostamos de levar nossos bebês a museus e exposições para fugir um pouco das brincadeiras tradicionais. Afinal de contas, não tem essa de que a criança é pequena demais que não possa apreciar arte.

Se você não mora perto de uma metrópole, vai precisar fazer um esforço a mais para procurar galerias e museus, e pode acabar encontrando algumas pérolas. Se não estiver satisfeita com eventos de arte disponíveis na sua região, por que não fazer sua própria exposição? A maioria de nós conhece pessoas com inclinações artísticas — seja para pintura, escultura, desenho, tapeçaria, cerâmica etc. Colete trabalhos de um artista ou de um grupo, exiba-os em sua casa e organize um coquetel para celebrar. Traga a arte até você.

Teatro

O teatro é uma expressão artística pela qual tenho um apreço especial. Foi a minha escolha na faculdade, depois de ter feito muito de teatro na adolescência e juventude. Além de atuar, eu tinha (e ainda tenho) verdadeira paixão por assistir a peças. Quer seja uma pequena produção como *A cantora careca* em um espaço mínimo e independente ou uma grande produção na Ópera de Paris, uma noite no teatro pode ser uma experiência mágica — não tenho dúvida disso.

Todos nós vemos televisão demais e teatro de menos. Compre ingressos para o teatro mais próximo. Com certeza você conhecerá pessoas interessantes no público. Vi muitas peças durante a minha vida, e minhas experiências favoritas foram com pequenas produções, com atores desconhecidos em teatros comunitários. É bem emocionante assistir a uma apresentação ao vivo.

E não precisa ficar só nisso — se sempre quis atuar, por que não fazer um teste para participar do grupo teatral da sua comunidade ou igreja? Ou, se já se imaginou como diretor, contrarregra ou produtor, por que não tentar pôr em prática sua própria produção?

Em Paris, vi a peça *Trois versions de la vie*, de Yasmina Reza. Reza é uma atriz e dramaturga que normalmente protagoniza as próprias produções. Fiquei profundamente impressionada com essa mulher multifacetada. Siga a dica de Yasmina Reza ou da Really Terrible Orchestra e leve adiante a própria produção. Nunca é tarde demais para isso, e você pode despertar uma maravilhosa tendência artística em sua comunidade. Vá fundo. Sinto muita falta dos meus dias de teatro e pretendo voltar a me aventurar nisso mais tarde. (Talvez quando não estiver tão ocupada criando filhos e escrevendo livros!)

Filmes

Meu filme favorito é *O fabuloso destino de Amélie Poulain*. Já devo ter visto esse filme umas trinta vezes, mas a primeira foi em Paris. Minha turma foi ao cinema e assistimos ao filme inteiro, que é em francês, sem legendas em inglês. Fiquei encantada com a direção inovadora e revolucionária, com a trilha sonora absurdamente linda, com a carismática protagonista, Audrey Tautou, e com a paixão por trás daquela história aparentemente simples da jovem Amélie, que amava ajudar a mudar os destinos das outras pessoas, mas acabava negligenciando o seu. Essa história me emocionou tanto que chorei no cinema e, assim que voltei aos Estados Unidos, fui assistir a ela novamente (e acabei comprando o DVD) para poder ler as legendas e não perder nada. Recentemente, o diretor, Jean-Pierre Jeunet, veio à Santa Monica e falou sobre *Amélie* após uma projeção do filme no cinema independente Aero Theatre. Não encontrei ninguém para ir comigo, então esperei sozinha e aproveitei cada segundo como se estivesse de volta a Paris.

São momentos assim que tornam o cinema uma arte tão contundente. Sou uma verdadeira defensora dos filmes independentes. Adoro ver filmes estrangeiros, porque as histórias são menos comerciais e podem revelar olhares fascinantes sobre as vidas das pessoas em países que nunca poderemos visitar. Se você gosta de filmes independentes, mas não consegue encontrar ninguém para ir com você, por que não vai sozinha? Agora que voltei para a Califórnia, acabo indo ao cinema mais vezes sozinha que acompanhada. É um luxo poder ir ao cinema sozinha no meio da tarde — comprar pipoca e refrigerante (ou chá, no meu caso — por alguma razão gosto de tomar chá no cinema) e ver um filme, sem interrupções. É divino!

Procure arte, onde quer que você viva

- Se morar numa cidade grande e tiver acesso a várias atividades culturais, aproveite ao máximo — vá a um concerto de música clássica, ao teatro, ao balé, à ópera. Visite galerias de arte. Vá a rodas de leitura de livros e debates com autores.
- Tente tocar um instrumento musical. Muitos de nós aprendemos a tocar um instrumento quando crianças. Para mim, foram o piano e o saxofone. Recentemente voltei ao piano e fiquei feliz ao tocar.
- Participe de um clube do livro ou do grupo local de escritores.
- Escreva aquele livro que sempre quis. Meu professor de escrita e mentor, Alan Watt, publicou há pouco tempo seu livro *The 90-day Novel*. É a maior ferramenta para ajudá-la a pôr palavras no papel.
- Faça leituras públicas de poesia. Você pode definir um tema, como poesia romântica ou gótica. Leia textos de grandes poetas ou poemas seus em voz alta.
- Encene uma peça na sua sala de estar. Pode ser uma peça de um único ato, uma série de peças curtas ou até uma noite de improvisação. (Isso é especialmente divertido quando os envolvidos são amadores. Assim não há pressão e você sabe que pode rir!)

De volta a Los Angeles, mantenho-me ocupada procurando peças e filmes independentes, indo a galerias de arte ou ouvindo música ao vivo. Os benefícios de ser uma mecenas das artes talvez sejam a lição mais importante que aprendi em Paris, pois é uma parte da minha vida que me traz muita alegria — uma alegria que espero passar para minhas filhas.

Récapitulation

- Mergulhe de cabeça nas artes e viva uma vida culturalmente gratificante.

- Ouça música durante o dia como se fosse a trilha sonora da sua vida.

- Fique alerta às últimas exposições do museu mais próximo e frequente-as.

- Vá ao teatro regularmente — quer você prefira grandes produções ou aventuras independentes locais.

- Traga arte para sua casa e envolva seus amigos.

- Torne-se uma artista. Escolha um instrumento, comece aquele livro que sempre quis escrever, faça um teste para uma peça local ou descubra os pincéis. Aprecie o processo e seja criativa!

Capítulo 14

CULTIVE UM AR DE MISTÉRIO

Meu quarto no apartamento da Família Charme tinha vista para um pátio interno. Como era num andar alto, minha janela ficava bem em frente à janela do vizinho, cujo apartamento era do outro lado do pátio. Esse vizinho era muito misterioso. E parecia interessado em mim. Quase todas as manhãs, quando eu abria as cortinas do quarto, ele estava olhando pela janela com uma xícara de café nas mãos. (Pelo visto não usava tigela no café da manhã!) No começo, fiquei bem tímida, e fechava as cortinas de novo ou saía de seu raio de visão e ficava olhando por uma pequena fenda. Uma vez ele me pegou fazendo isso e sorriu, levantando a xícara de café.

Assim começou o flerte de cinco meses com meu vizinho misterioso. Todos os dias, em algum momento, nos víamos pela janela. Às vezes, nos encarávamos por um tempo maior que o suficiente para dar um simples "oi". De vez em quando uma mulher ia visitá-lo e eu a via pela janela. Fiquei surpresa ao perceber que estava sentindo uma pontinha de ciúme. O que estava acontecendo? Não encontrei o vizinho misterioso pessoalmente nem uma única vez. De certa maneira, fico feliz por isso.

O que tornava aquele homem tão atraente era o fato de eu não saber nada sobre ele. Ele tinha um ar de mistério. Soltei minha imaginação, é claro. Ele era solteiro e relativamente jovem, morando no 16e *arrondissement*. Imaginei que ele fosse um escritor de sucesso, talvez de livros policiais, ou quem sabe um escultor. Talvez até diretor de cinema! Os sorrisos misteriosos que trocávamos eram repletos de fantasia. Se eu o tivesse encontrado perto das caixas de correio e descoberto mais a seu respeito, pode ser que não o considerasse mais tão fascinante. E se eu descobrisse que ele tinha duas ex-mulheres e era alcoólatra? Seria o fim definitivo do flerte!

Mas é claro que, mesmo que tivesse duas ex-mulheres e um gosto pela bebida, ele nunca me diria se tivéssemos nos encontrado, pois na França as pessoas gostam de manter um certo mistério.

Os franceses não costumam dar muita informação sobre si mesmos. Se não fazem isso nem com conhecidos, que dirá com estranhos.

Já nos Estados Unidos, é bem diferente. Alguns meses depois de ter minha filha, fui fazer as unhas pela primeira vez em muito tempo. Sofrendo com a falta de sono e me sentindo bem pouco glamorosa, eu estava realmente doida por aquela experiência. Que de fato foi maravilhosa (manicure, pedicure e massagem de dez minutos nos ombros... o paraíso!). Mas o evento foi maculado pela mulher sentada ao meu lado, que falava alto no celular o tempo todo. Ela compartilhava cada pequeno detalhe de seu encontro da noite anterior, o seu status em sites de relacionamentos, os tristes pormenores de sua minguada conta bancária e o fato de odiar seu chefe. Dividia tudo isso não apenas com sua amiga ao telefone, mas comigo e com todo aquele salão cheio de mulheres.

Isso jamais aconteceria na França.

Quando morei em Paris, nunca ouvi franceses falando alto no celular sobre suas vidas privadas. Eles preferem manter um ar de mistério. Podem até ter alguns confidentes para quem contam seus maiores segredos, mas garanto que essa troca não é feita pelo celular, num salão de beleza. (Na verdade, seria muito mais francês apreciar a manicure, a pedicure e a massagem inteiramente, sem estragar essa tranquila experiência falando alto no celular!)

Rapidamente julguei aquela moça no salão de beleza, mas, quando pensei em mim mesma, percebi que manter um ar de mistério na verdade é bem difícil. Notei então que tinha uma propensão a compartilhar excessivamente os detalhes da minha vida, que era intolerante com os silêncios em uma conversa e que tinha necessidade de agradar as pessoas.

Homens sábios falam pouco

Recentemente, eu estava jantando em um restaurante chinês e meu biscoitinho da sorte veio com a seguinte mensagem: "Homens sábios falam pouco." Isso é verdade; e falar apenas quando necessário pode ser ótimo para desenvolver seu ar de mistério. Ao calar a boca e compartilhar apenas o que quer e quando quer, você ganha poder e presença.

Quando conhece alguém, por exemplo, sobre o que você fala? Você revela mais do que gostaria na tentativa de parecer amigável?

Se estiver com um grupo de pessoas e não compartilhar muitos detalhes da sua vida, os outros podem acusá-lo de ser fria e distante. Defenda sua opinião. Não se preocupe com o que os outros pensam de você. Há grandes chances de seu ar de mistério intrigá-los e eles estarem apenas com inveja.

Fique mais confortável com o silêncio

Você fica bem com o silêncio? Ou tenta preenchê-lo falando e fazendo perguntas? Sei que tenho um *grande* problema com o silêncio. Quando falo com alguém, conhecido ou não, tagarelo e dou risinhos nervosos ao primeiro sinal de silêncio, numa tentativa desesperada de evitar o desconforto. Isso é o oposto do que se poderia chamar de um ar de mistério!

Aos poucos, comecei a entender que não há nada de errado com o silêncio. Na verdade, ele pode ser delicioso. Ele só vai ser desconfortável se você quiser. Conseguir ficar numa boa em meio ao silêncio é algo que tenho que praticar diariamente.

Tenho um vizinho bem misterioso; ele viaja bastante e muitas vezes está fora da cidade. (Por que será que atraio vizinhos misteriosos?) Ele domina seu ar de mistério: sempre que o vejo, ele menciona as viagens, mas não diz o que faz da vida (e como os franceses, eu *jamais* perguntaria). Nossas conversas geralmente são cheias de pausas. Ele fica muito confortável com o silêncio. Eu não. Inevitavelmente, ao primeiro sinal de silêncio, falo alguma besteira nada misteriosa e rio alto. Não porque esteja especialmente interessada nele, mas porque faço isso com *todo mundo*. É um problema que tenho.

Então, um dia, resolvi praticar meu ar de mistério com esse vizinho misterioso. Encontrei-o quando estava levando Gatsby para seu passeio matinal. Levava meu bebê numa bolsa canguru e Gatsby estava preso pela coleira. Aquela tinha sido uma noite particularmente longa (pois estavam nascendo os dentes da minha filha), então empreguei uma das técnicas para parecer apresentável, vestindo um casaco longo por cima do pijama. Eu devia estar parecendo uma idiota, pois estava fazendo 20°C lá fora e eu com um casacão de inverno, um bebê e um cachorro — mas e daí? Pelo menos não estava com o pijama à mostra.

Esta foi a nossa conversa:

— Olá — disse o vizinho misterioso.

— Oi — respondi.

(Longa pausa.)

VM: Como vai?

J: Ótima, obrigada. E você?

VM: A vida tem sido boa comigo. (Outra longa pausa.) E você, está feliz?

J: Estou sim, muito. (Dessa vez, eu fiz a pausa.) Não o tenho visto ultimamente, você devia estar viajando.

VM: Estava. Muitas viagens e muito trabalho.

J: Que maravilha! (Outra pausa — Sim, eu consigo fazer isso!) Foi ótimo ver você.

VM: Também achei.

J: Tchau.

Não vou mentir, aquelas longas pausas me deixavam exasperada. Mas me forcei a fazê-las e fiquei bem contente com o resultado. Nada de substancial tinha sido dito, mas, nessas circunstâncias, geralmente não se diz nada muito profundo mesmo. Tenho um grupo de amigos próximos que conhecem minha história de vida e as atividades que faço no dia a dia, mas para o resto das pessoas gostaria de permanecer misteriosa.

É por isso que esse exercício era muito importante para mim. Normalmente, ao primeiro sinal de silêncio, eu teria rido toda desconfortável, diria algo sobre o tempo ao meu vizinho, pediria desculpas por estar daquele jeito ou faria uma piada que envolvesse os dentes do bebê e minha cara de zumbi depois de apenas três horas de sono. Mas me mantive misteriosa. Já é um começo, puxa!

Sobre *o que* falar?

Você pode estar se perguntando o que poderia falar que não comprometesse seu ar de mistério. A resposta é *tudo*! Quero dizer, tudo menos sua vida. Depois de ter jantado várias vezes com a Família Charme e com a Família Bohemienne, passei a me perguntar por que eu achava seus convidados tão fascinantes. Eu podia falar por horas e horas com aquelas pessoas sobre filmes recentes, sobre a última exposição do Centre Pompidou ou até sobre dilemas filosóficos e encerrar a conversa sem saber de onde eram meus novos amigos ou o que faziam da vida. Às vezes eu nem sabia seus nomes!

Não estou sugerindo que, no próximo jantar ou coquetel, você deva se esconder num canto, amuada. Nada disso! Seja ativa, vibrante e entre na conversa. Fale sobre arte, um ótimo livro que acabou de ler, eventos atuais, ou um filme interessante a que assistiu há pouco tempo. Seja animada, interessante e contribua para a conversa. Hoje em dia, as conversas tendem a seguir fórmulas (O que você fez nas férias? Quais os seus planos para o fim de semana?). Tente se lançar numa conversa real e imprevisível — e veja aonde ela vai levá-la! Você vai se tornar interessante para os outros convidados. Ficará conhecida como alguém que tem muito a dizer — e não vão achar isso ruim. Todos já estivemos em festas em que as pessoas não param de falar sobre a própria vida — seus problemas, seus dramas. Isso pode ser tão chato! Essas pessoas não são misteriosas! Não caia nessa armadilha. Deixe as pessoas ficarem curiosas a seu respeito.

A prática leva à perfeição. "Você leu um bom livro ultimamente?" é uma excelente pergunta para fazer a alguém que você acabou de conhecer. A resposta revelará muito sobre seu novo conhecido. Se ele hesitar por muito tempo, provavelmente não lê muito (e nesse caso você deve tentar mudar de assunto), ou pode ter ótimas recomendações de livros para você. Que maneira interessante de se revelar!

Na França, é considerado falta de educação perguntar o que as pessoas fazem da vida. Nunca faça essa pergunta. Ou você nunca vai saber ou a pessoa vai lhe contar. Mas será que você quer mesmo saber? Está se lembrando do meu vizinho misterioso francês? Não saber o que ele fazia da vida realmente me fascinava.

Também é importante se distanciar das fofocas sobre outras pessoas — não apenas para preservar seu ar de mistério, mas também porque fazer fofoca traz uma energia ruim. Pode ser difícil agir dessa forma quando todo mundo está participando. Digamos que a conversa rume para algo que a deixa desconfortável — fofoca sobre um amigo em comum, por exemplo. Você tem duas opções — pode manter a conversa ou abandoná-la. Se estiver sentada à mesa de jantar, pode ser bem difícil sair. Nesse caso, simplesmente não se envolva. Se perguntarem sua opinião sobre o assunto, diga algo besta como "Não quero falar sobre esse assunto". Diga isso dando uma piscadinha para não parecer séria demais. Os convidados do jantar vão ficar se perguntando por que você não está participando da sessão de fofoca e isso será ótimo para sua imagem.

Com quem você pode falar sobre si mesma?

Você deve estar se perguntando quando *é* apropriado discutir detalhes íntimos da sua vida. Afinal, pode ser bastante agradável desabafar e reclamar de vez em quando com outras pessoas. Sugiro que tenha uma ou duas pessoas em quem você confie e que sejam muito próximas. Uma irmã, um primo, um melhor amigo. Todos nós temos alguém. Compartilhe os detalhes íntimos da sua vida com essa ou essas pessoas. É reconfortante poder falar sobre coisas que estão nos afligindo.

Digamos que você brigou com seu marido. Ele insiste em deixar a roupa suja ao lado do cesto e não *dentro* dele. Ele faz isso há três anos. Você não aguenta mais — qual é o problema dele? Você se descontrolou e acabou gritando. Não está feliz por ter feito isso, mas acontece que ele ficou na defensiva e saiu de casa. Você está triste e liga para sua melhor amiga. Com um pouco de sorte, ela vai fazê-la enxergar as coisas de outra forma e lhe dirá que podia ter sido pior. Você acaba achando graça da situação. Faz as pazes com seu marido quando ele chega a casa e vocês seguem em frente (você sabe que sua amiga não vai voltar ao assunto; vocês têm muita cumplicidade). Mas, se tiver o hábito de contar seus problemas a todos os conhecidos, vai acabar repetindo a história várias vezes e dando mais ênfase a ela. Foi uma briga boba, mas continuar repetindo a história pode torná-la muito maior. Brigas bobas não têm nada de misterioso.

Só não vá usar essa única pessoa como uma espécie de analista que vai ouvir *todos* os seus problemas. Respeite o tempo dela e escolha o que vai dizer. Se achar que está se tornando uma *drama queen*, pode estar na hora de adotar um ar de mistério com sua melhor amiga também! E para variar um pouco, pergunte sobre a vida dela.

Não subestime seu sucesso

Você sabe receber bem elogios? Pessoas misteriosas sempre fazem isso. Se eu elogiasse a blusa de Madame Charme, ela jamais diria "O quê? Essa coisa velha? Comprei numa liquidação!" Ela diria *"Merci"* e ponto final.

Quando alguém elogiar você, simplesmente agradeça. Aceite o elogio e sorria. Pode também retribuir o elogio (se estiver sendo sincero).

Além disso, nunca subestime seu sucesso para fazer as pessoas se sentirem melhor. Se as coisas estiverem indo muito bem na sua vida, mas estiver conversando com alguém que não tenha tanta sorte, pode ser tentador subestimar sua felicidade para fazê-la se sentir melhor. Você pode falar sobre uma briga que teve com sua melhor amiga um mês atrás para contribuir para o tom de desgraça da conversa. Evite isso. Não há necessidade de lembrar coisas negativas. Se seu amigo está passando por um momento difícil, simplesmente ofereça-lhe apoio. O que é tão atraente em pessoas misteriosas é que elas parecem muitíssimo satisfeitas. Você quer saber seus segredos! Então, se estiver satisfeita, fique satisfeita e não se desculpe por isso.

Relacionamentos amorosos

Mantenha um ar de mistério nas suas relações amorosas. É provável que você tenha feito isso no começo do flerte. Você jamais teria cortado as unhas do pé na frente do seu amor no primeiro encontro, por exemplo. Essas coisas seriam feitas atrás de portas fechadas, de preferência antes da chegada dele. Então por que isso deixa de ser um problema depois que vocês já estão há quatro anos casados e têm dois filhos?

Quando sentir vontade de contar a seu parceiro algo muito corriqueiro (como o fato de as uvas terem lhe dado gases), pare e tente não dizer nada. Se estava prestes a dizer alguma coisa, mas se conteve e ele lhe perguntar o que ia lhe dizer, apenas sorria e diga "ah, nada". Ele ficará intrigado.

Ao se arrumar e cuidar de coisas pessoais, faça isso a portas fechadas. Seu amor não precisa ver diariamente você limpando o nariz, nem fazendo as sobrancelhas. Conheço casais que se orgulham de fazer xixi na frente um do outro (tenho calafrios só de digitar isso). Isso não é intimidade, é nojento. Mantenha um ar de mistério com seu amor, e o romance se manterá vivo.

Seja você mesma

Cultivar um ar de mistério não deve ser confundido com ser falso, usar máscaras ou tentar ser alguém que você não é. É simplesmente ser você mesma sem se esconder querendo agradar as pessoas. É uma questão de não trocar elogios falsos ou compartilhar verdades sobre si mesma com pessoas que não são realmente importantes para você. Mantenha o foco e seja você mesma por completo. Valorize o ar de mistério que atrai as pessoas.

Outras técnicas

- Adquira um sorriso de Mona Lisa. Isso é um clichê, mas é uma estratégia que vale mencionar. Um meio-sorriso sutil sugere que você sabe alguma coisa. E as outras pessoas inevitavelmente vão querer saber o que é. Nunca conte a elas, é claro. Elas irão enlouquecer.
- Fale com suavidade. Use sua voz interior. Quando você fala com suavidade, as pessoas se sentem compelidas a ouvir o que você tem a dizer. É bem misterioso.
- Seja uma boa ouvinte.

Récapitulation

- Preste atenção no que diz e nunca compartilhe informações demais. Fale só quando for necessário.

- Sinta-se confortável com o silêncio.

- Evite falar sobre sua vida às pessoas quando as encontra pela primeira vez. Tente falar sobre assuntos como arte, filosofia ou acontecimentos atuais. Torne-se interessante para que as pessoas fiquem interessadas.

- Tenha um ou dois amigos de confiança para compartilhar seus segredos íntimos.

- Aprenda a receber elogios de maneira elegante.

- E lembre-se (não só na França, mas onde quer que você esteja): nunca pergunte o que uma pessoa faz da vida.

- Mantenha o romance vivo na sua relação evitando discutir cada pequeno detalhe do seu cotidiano. Arrume-se a portas fechadas. Seu amor não precisa saber *como* você ficou tão bonita. Só tem que ver que você está bonita.

Capítulo 15

PRATIQUE A ARTE
DO ENTRETENIMENTO

Para mim, há poucas coisas melhores do que ir a um bom jantar na casa de amigos — com aperitivos, entradas, música, uma mesa bem-posta, convidados interessantes, excelente comida, sobremesa, tábua de queijos, café e digestivos. A experiência pode ser divina. Mas *dar* um jantar, por outro lado, pode ser uma experiência bem assustadora.

Na França, realmente, se tem o hábito de oferecer jantares para os amigos e, em Paris, entretenimento é parte da vida. Madame Charme e Madame Bohemienne recebiam convidados *pelo menos* uma vez por semana. E não estou falando de chamar o vizinho para um cafezinho. Ambas promoviam jantares elaborados frequentemente. Na verdade, fui a mais jantares em Paris do que em todo o resto da minha vida.

Madame Charme e Madame Bohemienne tinham estilos bem diferentes nesse quesito. Os de Madame Charme eram sempre eventos elegantes — música clássica, aperitivos na sala seguidos de uma deliciosa refeição de cinco etapas, fumo depois do jantar para os homens, digestivos e mais música clássica. Seus convidados geralmente eram conservadores, respeitosos membros da aristocracia.

Madame Bohemienne, por outro lado, dava festas mais loucas e agitadas. Seus convidados frequentemente eram do mundo das artes. Enquanto os aperitivos de Madame Charme consistiam em uísque ou vinho do Porto, Madame Bohemienne adorava coquetéis de champanhe. Seus jantares não eram refeições elaboradas de cinco etapas, mas de três, mais casuais e depois... Bem, eu nunca consegui lembrar de verdade o que acontecia depois, de tanto que nos divertíamos.

Por razões diferentes, eu gostava dos dois estilos e sempre ficava admirada de ver como aquelas mulheres conseguiam fazer daquelas reuniões um sucesso e sem o menor estresse. Para elas, receber era uma arte.

A anfitriã confiante

O segredo do sucesso dos jantares de Madame Charme e de Madame Bohemienne era confiança, *muita* confiança. Aquelas mulheres eram grandes planejadoras, suas assinaturas estavam em cada detalhe. Tudo, desde a música e a comida até os convidados e o ambiente, era definido por elas. Elas pareciam realmente aproveitar cada momento. Receber era apenas mais uma parte de suas vidas. Não havia cenas de histeria na cozinha nem de estresse por causa da comida. Se algo desse errado, ninguém nunca ficava sabendo — suas atitudes como anfitriãs eram bem zen.

Claro que é muito mais fácil falar sobre ter confiança como anfitriã do que tê-la de fato. Eu devia saber. No passado, não fui a melhor das anfitriãs. Lembro-me de um triste jantar em que o único prato que fiz foi frango ao curry com arroz. O curry tinha cenouras e descobri com desânimo que nossa convidada era alérgica a cenouras. *Quel désastre!* Minha convidada era uma graça e comeu deixando-as de lado, mas fiquei traumatizada pelo incidente e não convidei mais ninguém para ir à minha casa durante um ano.

Madame Charme era uma mulher sem frescuras. Ela parecia ser confiante em tudo o que fazia — cozinhar, receber, comunicar-se. Uma alergia a cenoura não a teria desmotivado. Sua confiança fazia eu me sentir em paz. Você já foi a um jantar em que o anfitrião parecia estar atormentado — ou até exasperado? Nada faz um convidado se sentir mais desconfortável que uma anfitriã que não para de se desculpar. Não importa o que aconteça, apenas dê conta disso e nunca se desculpe por suas habilidades como anfitriã.

Se você quer ser uma anfitriã confiante, eis aqui alguns conceitos importantes que tem que lembrar. Incorpore uma Madame Charme interior e diga a si mesma o seguinte:

Seus convidados (provavelmente) gostam muito de você e querem que tenha sucesso. Honestamente, a maioria das pessoas fica empolgada com o simples fato de receber um convite. Então você não precisa se preocupar com o julgamento delas sobre você e suas habilidades de anfitriã. Na Califórnia, eu raramente era convidada para jantares na casa das pessoas. Sendo otimista, presumo que isso acontecia não porque eu não tinha amigos, mas porque as pessoas não recebem mais as outras em casa. Ou elas estão cansadas demais, ocupadas demais ou com medo demais. Que saco! Sinto falta do calendário de atividades sociais que eu tinha em Paris. Adoraria ir a um jantar, um chá ou *open house* — qualquer coisa, é sério! (Sim, amigos, estou aberta a convites). Se chamar convidados para a sua casa, eles ficarão empolgados para comparecer. Sei que eu ficaria. Eles não vão notar todas as coisinhas que não saíram conforme o planejado. Se forem amigos de verdade, ficarão felizes só por estarem em sua companhia e vão querer que sua festa seja um sucesso. Se não, nem deveriam estar em sua casa, para início de conversa.

Você está linda (considerando-se que fez algum esforço pela sua aparência). Se fizer algum esforço para cuidar da aparência, vestindo-se bem e se arrumando (cabelos limpos e uma variação do *visual cara lavada* são perfeitamente aceitáveis), não tem com que se preocupar. Sorria, solte o cabelo (mas lembre-se da boa postura) e sinta-se leve para aproveitar a noite. Não se preocupe com aquela manchinha mínima de gordura no vestido, nem se seu cabelo está bem preso. Vamos, aproveite o momento. *Saiba* que você está linda.

A comida está deliciosa e, se não estiver, não é o fim do mundo.
Tenho uma revelação a fazer. Madame Bohemienne não era a melhor
das cozinheiras — certamente não era tão habilidosa quanto Madame
Charme. A carne muitas vezes passava do ponto e os ensopados eram...
bem, ensopados. Mas não dávamos a mínima. Sua confiança como anfitriã
compensava a comida e sempre nos divertíamos. Na verdade, seus jantares
eram tão divertidos que eu ficava empolgadíssima quando era convidada.

Faça o que sabe. Se não se sente confortável com um jantar de cinco
etapas como os de Madame Charme, comece com algo pequeno e talvez de um gênero diferente. Adoro organizar chás — é muito mais fácil.
Quanto mais os organizo, mais confortável fico e mais elegantes as coisas se
tornam. Comecei servindo frutas e um bolo feito em casa acompanhando
chá ou café, e agora passei para missões mais difíceis. Escrevo isso na véspe-
ra do casamento real do príncipe William com Kate Middleton, e amanhã
darei uma festa para celebrar. Serão cinco tipos diferentes de sanduíches,
dois bolos, vários outros petiscos gostosos, coquetéis e (é claro) chá. Comprei a comida em uma delicatéssen, pois não tenho tempo de prepará-la.
Não é vergonha alguma não fazer a comida você mesma — especialmente
se não for uma grande cozinheira! Apenas garanta que a comida seja ofe-
recida em quantidade suficiente e esteja atraente.

Acalme-se, deixe fluir e o mais importante... *divirta-se!* Receber
não significa que você tenha que ser a anfitriã perfeita — é uma questão
de aproveitar a companhia dos seus convidados e fazer com que se sintam
bem-vindos. Apesar de seus jantares serem bem diferentes, Madame Charme e Madame Bohemienne eram apaixonadas pelo que cozinhavam, pelo
vinho que serviam e por seus convidados. Isso permitia que aproveitassem
o momento, sem fazer qualquer esforço para se divertir. Cada uma delas
era uma anfitriã graciosa que fazia com que você sentisse estar participando de algo especial ao ser recebida na casa delas. Então, não importa o que
aconteça, seja positiva, otimista e sorria (mesmo se o cachorro pular na
mesa e comer o purê de batatas).

O aperitivo para quebrar o gelo

A Família Charme sempre se reunia na sala de estar antes do jantar para
tomar aperitivos e comer uns petiscos. Um aperitivo é um drinque toma-

do antes do jantar supostamente para estimular o apetite. Os aperitivos na Família Charme costumavam ser uísque, vinho do Porto ou suco de tomate. O vinho ou suco de tomate eram servidos em charmosos copinhos, e o uísque em copos de uísque. A Família Charme nunca pulava este ritual.

Esse ritual do aperitivo era um dos meus preferidos nos jantares franceses. Abria meu apetite e me acalmava. Eu sempre ficava nervosa antes dos jantares com a Família Charme, principalmente no início da minha estada ali, pois eu ficava preocupada em falar francês corretamente. Será que minha gramática seria suficiente? Eu entenderia tudo o que eles falariam? Daria alguma mancada? Acredite, depois de um copo de uísque, eu não pensava em mais *nada* disso. Aquilo me relaxava e eu aproveitava a noite. Vinho do Porto era meu aperitivo preferido. Uísque tornava as coisas divertidas. Na verdade, eu nunca tinha bebido uísque antes de ir para Paris. O filho de Madame Charme foi quem me deu o primeiro copo. Ele achou muito engraçado quando fiz uma careta depois do primeiro gole. Meu Deus, como aquele negócio era forte! De vez em quando, eu tomava suco de tomate com Madame Charme para ela não achar que eu era uma beberrona. Na verdade, não bebo uísque desde que voltei de Paris. Às vezes, seu charme não se adapta a outros cenários. Sua memória permanecerá confortavelmente na sala de estar ornamentada de Madame Charme.

Madame Bohemienne também respeitava o ritual do aperitivo. Como você pode imaginar, os aperitivos dela eram totalmente diferentes. Reuníamo-nos em sua casa e nos sentávamos no sofá cuidadosamente decorado com almofadas coloridas. Sempre tinha uma tigela de petiscos (batata frita ou rosquinhas) em cima da mesinha de centro. Madame Bohemienne traria uma grande tigela e prepararia seu famoso coquetel de champanhe na frente de todos os convidados. Quem não bebia o drinque com champanhe podia tomar um coquetel de rum da Martinica. Ambos eram deliciosos. Ela sempre colocava jazz como música de fundo e nós perdíamos a noção do tempo com os petiscos, os coquetéis, a música e a conversa. Seus convidados — cabeleireiros, artistas e professores — eram sempre interessantes.

Em algumas ocasiões, Madame Bohemienne ficava empolgada demais e ficávamos nos aperitivos por uma hora e meia antes de o jantar ser servido. Às vezes só íamos para a mesa às dez da noite! Como sou californiana, estou acostumada a comer bem cedo (ouvi dizer que é a melhor coisa para o organismo), então, estava faminta e levemente embriagada quando finalmente éramos chamados para a mesa. Ninguém parecia se preocupar com o fato de ser tarde, então eu dizia a mim mesma: *quando em Roma...*

Coquetel de champanhe de Madame Bohemienne
1 garrafa de champanhe ou espumante
2 (ou mais) doses de licor Grand Marnier
½ xícara de xarope simples (partes iguais de água e açúcar)
3 ou 4 limões fatiados ou cortados em gomos
1 tigela grande

Despeje a garrafa de champanhe ou espumante na tigela, adicione o Grand Marnier e o xarope simples, então esmague e esprema os limões, deixando a casca para dar gosto. Este coquetel é uma alegria borbulhante que dá o clima da festa.

Coquetel de rum de Madame Bohemienne
Rum da Martinica
Xarope de cana-de-açúcar
Um toque de limão

Combine a quantidade desejada dos ingredientes acima, dependendo de sua preferência por um coquetel mais forte, mais doce ou mais ácido.

Dando passos em falso

No primeiro jantar a que fui na casa de Madame Bohemienne, disse algo bem chocante. Ela serviu iogurte de sobremesa (um hábito bem comum na França) e comentei (em francês) que o iogurte local era muito melhor que o americano, porque tinha menos conservantes (*preservatives*, em inglês). Eu não sabia a palavra em francês para conservantes, então disse "*preservatifs*", que quer dizer "camisinhas". Depois de observar que havia "menos camisinhas no iogurte francês", fiquei me perguntando por que todos os franceses da mesa me olhavam perplexos ou riam descontroladamente.

Nessas circunstâncias, é melhor ter senso de humor e seguir em frente. É claro que fiquei extremamente sem graça, mas apenas levantei meu copo, disse "*santé!*", e ri junto com eles. Isso funcionou e consegui amenizar minha gafe; mas, por favor, aprenda com meu erro e evite dizer a palavra "*preservatif*" em qualquer mesa de jantar francesa.

Crie sua noite memorável

Os jantares de Madame Charme e Madame Bohemienne eram memoráveis por diferentes razões. Sempre deixei os jantares de Madame Charme (e quando digo *deixei*, estou dizendo que me retirei para o quarto) com a sensação de que tinha participado de um evento muito elegante e erudito. Eu saía da casa de Madame Bohemienne com a sensação de ter participado de uma noite agradável e artística. Decida como quer ficar conhecida pelas festas que der. Crie um ritual que as pessoas associem a você, passem a adorar e esperem em suas reuniões.

Música

A música é a chave para criar uma atmosfera própria. O jazz de Madame Bohemienne sempre dava o tom da noite, assim como a música clássica de Madame Charme. Eu prefiro música animada para meus jantares e minhas reuniões. Você pode achar ótimas coletâneas; uma de que particularmente gosto se chama *French Dinner Party* e é ótima para a noite. O *petite fleur*, de Sidney Bechet, também é um ótimo álbum de jazz para um jantar animado ou coquetel.

   É importante combinar a música com o tipo de refeição que pretende servir. Certa tarde, meu marido e eu chamamos um amigo inglês para um assado de domingo. Fizemos como deve ser — rosbife, ervilhas, batatas assadas, pudim Yorkshire. Escolhi um álbum de salsa para a música de fundo. Achei que aquela tarde quente da Califórnia tinha um ar alegre e animado. Em dado momento, nosso convidado comentou que a comida estava deliciosa, mas que parecia estar comendo um "assado inglês em Honduras". Não era bem o clima que eu estava procurando. Agora tento combinar a música com o tema da refeição.

   Para festas maiores, se realmente quiser fazer algo extraordinário, recrute um amigo ou amigos que toquem algum instrumento e organize um concerto improvisado em sua casa depois do jantar. Não seria divertido reunir todos com seus cafés e digestivos em volta do piano para cantar algumas músicas? Talvez você tenha um amigo que toque violino ou um que cante. Pode ser bem charmoso e inesperado surpreender seus amigos dessa forma. Apenas garanta que o show seja curto e agradável (a menos que esteja certa de que todos estão adorando).

Poemas

Os livros da série "44 Scotland Street", de Alexander McCall Smith, sempre terminam com um jantar, e cada jantar termina com um poema recitado pelo personagem Angus Lordie. Adoro essa ideia. Você pode pedir para seus convidados levarem seus poemas preferidos e estipular que cada um leia o seu depois do jantar ou durante a sobremesa. As pessoas talvez fiquem um pouco envergonhadas no início, mas depois vão achar muito divertido. Você pode criar uma tradição e se tornar conhecida por seus "jantares poéticos".

A festa da ostra

Uma vez, recebi uma ligação do meu namorado dizendo que Madame Bohemienne tinha uma surpresa para nós e perguntando se eu estava disponível para jantar lá. Fiquei intrigada e não consegui recusar. Fiz o trajeto de quarenta minutos de metrô do 16e *arrondissement* até a casa dos Bohemienne e subi os longos lances de escada me perguntando que surpresa me esperaria.

Madame Bohemienne tinha acabado de voltar da Bretanha e havia trazido uma caixa inteira de ostras frescas. Quase desmaiei de alegria. Muitas pessoas não gostam de ostras. Não sou uma delas. Eu amo ostras. *Mon Dieu*, como amo ostras! E nunca tinha visto tantas. Ansiosa, ajudei a pôr a mesa. Separamos as ostras, colocamos música, abrimos uma garrafa de champanhe e nos sentamos para o banquete.

Deliciosa ainda não é a palavra adequada para descrever a refeição. As ostras cruas (acompanhadas de molho de vinagre e pimenta, grandes pedaços de pão francês crocante e manteiga cremosa) estavam divinas. As bolhas do champanhe brincavam na minha língua e me faziam delirar. Terminamos com um delicioso pedaço de camembert e uma fatia do famoso bolo de chocolate sem farinha de Madame Bohemienne.

Foi uma refeição simples, mas uma das melhores que já tive. Não sei quantas ostras comi naquela noite, mas me senti como a heroína de *O burguês ridículo,* de Molière. Foi maravilhoso ser mimada de modo tão luxuoso!

A festa do queijo

Certa noite, Madame Bohemienne nos convidou a uma festa do queijo promovida por uma vizinha no 11e *arrondissement*. Fomos sem saber o que esperar de uma festa do queijo. Será que haveria uma tábua de queijos com cheddar e biscoitos? Talvez algum vinho? Fomos para o flat da vizinha, um lugarzinho charmoso, com apenas um quarto e em estilo boêmio (semelhantes atraem semelhantes) no último andar do prédio. O apartamento era pequeno, mas muito aconchegante. Além da anfitriã, nós e Madame Bohemienne, havia apenas uns poucos convidados. Estávamos ali reunidos no pequeno apartamento, ouvindo uma música animada e sentindo aquela energia.

O jantar começou com uma salada com fígado de frango. Senti-me um pouco enjoada com relação ao fígado. Nunca tinha experimentado, mas não queria ofender a anfitriã, então comi minha parte (não era ruim, mas ainda me parecia um pouco nauseante). Então veio a tábua de queijos. Havia 12 tipos diferentes de queijo — eu não conhecia boa parte deles. Eram deliciosos, maturados, fedidos e intensos. Comemos os queijos com fatias de baguete e havia um bolo de sobremesa. E, claro, foi servido vinho a noite inteira.

A ideia de propor uma festa do queijo era charmosa, mas não foi o aspecto mais curioso da noite. Nossa anfitriã, tão calorosa e acolhedora quanto qualquer outro anfitrião parisiense que conheci, parecia ter um problema de saúde que fazia com que regularmente soltasse gases. Ou era um problema de saúde e ela não conseguia controlar ou sabia que estava soltando gases (alto!) e não se importava. Talvez estivesse um pouco senil e não percebesse. Sim, nossa anfitriã continuou peidando ao longo da noite — e *alto*. E ninguém parecia perceber ou se importar com o que estava acontecendo! Era o que chamamos de elefante na sala. A filha da anfitriã não mostrou nenhum sinal de preocupação. Nem mesmo nos chamou num canto e nos preveniu — o que eu teria esperado que acontecesse.

É claro que a criança imatura dentro de mim queria rir, admito. Não dela, mas do claro absurdo que era ver uma anfitriã soltando pum. Meu namorado e eu trocamos alguns olhares, mas não podíamos mais nos fitar, caso contrário cairíamos na risada. Nossa anfitriã não percebia nossa diversão. Ela era animada, vivaz e muito apaixonada pelos queijos que estava apresentando aos jovens americanos.

Naquela noite, na cama, pensei nela. As pessoas ficam o tempo todo preocupadas quando participam de reuniões sociais. *Será que estou com espinafre no dente? Fiquei bem na foto que acabaram de tirar? Será que eu disse a coisa certa?* Mas nossa anfitriã daquela noite passou o jantar inteiro às voltas com sua flatulência crônica e ainda nos conquistou sendo calorosa, encantadora e competente. Soltar pum em público é uma baita mancada, mas ela não parecia nem um pouco preocupada com aquilo! Se ela podia fazer aquilo e ainda ter sucesso, então certamente eu poderia entreter também meus convidados. Sinceramente, acho que soltar gases na mesa de jantar seria a pior coisa que poderia me acontecer como anfitriã. Mas a nossa tinha feito aquilo a noite inteira, e ainda assim a adoramos! Se ela podia ser uma anfitriã tão querida, mesmo com sua complicação, por que eu não poderia?

Uma palavra final

Dê a si mesma a alegria de abrir sua casa, reunir seus amigos e criar tradições em torno da mesa de jantar. Não fique preocupada em ser a anfitriã perfeita e vá em frente. A única maneira de melhorar é praticando.

Récapitulation

- Não importa que tipo de entretenimento você esteja oferecendo, seja uma anfitriã confiante. É isso que seus convidados querem. Mesmo que não se sinta confiante, finja até que se torne algo natural.

- Cuide de sua aparência.

- Faça o que sabe. Uma refeição simples e gostosa pode ser muito melhor que um prato elaborado e não tão saboroso (e dá muito menos trabalho).

- Mantenha a calma no caso de uma catástrofe e não perca o senso de humor.

- Retome o ritual do aperitivo e adote um drinque próprio (alcoólico ou não).

- Se der um passo em falso, simplesmente ria. Todos nós já passamos por isso.

- Crie uma noite memorável escolhendo a música certa.

- Tenho certeza de que você já sabe qual será a última dica... Divirta-se! Qual é a graça de passar por tudo isso se não vai aproveitar?

Capítulo 16

DIGA NÃO AO
NOVO MATERIALISMO

Quando o orientador de Paris me falou pela primeira vez sobre a família com quem eu iria viver, tive uma surpresa agradável. A Família Charme era aristocrática e respeitada com um apartamento no invejado 16e *arrondissement* e uma casa de campo na Bretanha. Eu moraria com Monsieur Charme, Madame Charme e o filho de 23 anos. Aparentemente Madame Charme gostava de receber intercambistas, pois quase todos os filhos já haviam saído de casa e ela gostava de ter companhia. A Família Charme também gostava de aprender sobre outras culturas. O orientador me confidenciou que eu ficaria com uma das famílias mais ricas do programa.

Fiquei intrigada. Morar com a Família Charme parecia um bom negócio para mim. Eu realmente gostava de ter tudo do bom e do melhor... Seria uma combinação divina! No táxi a caminho da minha nova casa, fiquei imaginando como seria seu ostentoso apartamento do 16e *arrondissement*. Esperava encontrar sofás felpudos, televisores de tela plana, minha suíte privativa (com banheiro de mármore, é claro) e uma moderníssima cozinha... Como pode ver, deixei a imaginação livre para voar.

O apartamento da Família Charme, no entanto, era bem diferente do que eu havia imaginado. Era magnífico, mas não daquele jeito emergente que eu visualizei.

Inicialmente, pensei que a Família Charme pudesse estar passando por dificuldades, mas então observei seu respeitado endereço, as belas antiguidades (provavelmente de valor inestimável) que adornavam o lugar, o conforto do apartamento grande e luxuoso e cheguei à conclusão de que aquela era simplesmente a forma como eles sempre viveram. Que na França não há uma obsessão pelo que se chama "novo materialismo". Não se trata de uma sociedade consumista — eles não vão às compras procurando o próximo eletrônico, a próxima versão, a última *novidade* (o que, como discutimos, contribui para que suas casas não acumulem bagunça).

A Família Charme não tinha interesse algum em competir com seus pares. Eles tinham, por exemplo, um carro para os três (que era bem modesto e sem nada de especial — nem um pouco chamativo). Gastavam dinheiro em coisas que consideravam importantes — comida de alta qualidade, excelentes vinhos, roupas bem-feitas.

Achei aquela rejeição do novo materialismo renovadora, e os critérios de consumo adotados pela Família Charme, admiráveis. Viver bem — viver de acordo com seus meios e evitar a sedução do mundo material. Isso é o que chamo de prosperar.

Não importa quanto dinheiro você tenha, pode ser bom controlar seus gastos. Não consumir tantos produtos ajuda o meio ambiente — pense em quanto lixo deixaria de ser produzido! Também diminui a bagunça, e você não terá que encontrar novos lugares para guardar essa tralha toda. É bom para sua conta bancária; pense em todas as coisas maravilhosas que você pode fazer com o dinheiro economizado. Psicologicamente, quando você não está focado em encontrar sua próxima compra, pode pensar em coisas muito mais significativas.

Compras do dia a dia

É divertido observar como a Família Charme conseguia manter um estilo de vida luxuoso e de qualidade sem todas as grandes compras — o carro chamativo, a cozinha *high tech*, os eletrodomésticos de última geração —, mas também é intrigante analisar a natureza de suas compras do dia a dia. Quando Madame Charme ia à tabacaria local, não ia com a intenção de comprar um item e acabava saindo com dez.

A maioria de nós já fez isso. Fui até a farmácia porque precisava de xampu, mas, de alguma maneira, quando cheguei, não havia apenas xampu na minha sacola, eu tinha comprado também chiclete, prendedores de cabelo, um esmalte novo, uma barra de chocolate, uma revista, um analgésico, pantufas, condicionador, três tipos diferentes de brilho labial e um chapéu de sol. Tinha planejado gastar US$ 6,99 e acabei gastando US$ 69,99. Como isso aconteceu? É como se um demônio das compras tivesse me possuído e sugado meu bom senso.

Na próxima vez em que for fazer compras em uma loja, esteja consciente do que precisa e do que não precisa. Gosto de fazer listas antes de ir às compras. Isso realmente me ajuda no supermercado. Permite que eu mantenha o foco e não gaste demais. Mas listas não servem apenas para o supermercado. Gosto de fazer listas antes de sair se tiver tarefas domésticas para cumprir na rua. Um exemplo de lista:

Buscar a roupa na lavanderia.

Comprar xampu (só xampu!).

Comprar alface, maçãs e leite.

Comprar meio quilo de café especial.

Usar uma lista me mantém na linha. Mesmo com ela, não gastar demais requer extrema disciplina para quem não está acostumada a limitar as compras. Tente pagar as coisas com dinheiro. Usar um cartão de débito para compras do dia a dia pode ser bem perigoso. Ao pagar com dinheiro, você se torna muito mais consciente do quanto está gastando (e, muitas vezes, desperdiçando).

Anotar cada compra feita durante uma semana inteira também pode ser útil. Mas *cada* compra mesmo: seu cafezinho diário, almoços fora, removedor de esmalte, roupas — *tudo*. Se você for como eu, é provável que fique chocada ao perceber quanto gastou em coisas pequenas durante a semana. Mesmo que algumas dessas compras sejam únicas, você ainda terá uma ideia do quanto desperdiçou e de *tudo* que consumiu. Eu comprava bebidas quentes todos os dias em cafés. Não me contentava com um simples cafezinho, precisava comprar uma bebida elaborada. Depois da experiência de anotar o que gastei, fiquei impressionada com a quantidade de dinheiro que eu jogava fora. Agora tomo a maior parte das bebidas em casa ou as levo em garrafas térmicas.

Pense na economia que poderia fazer diariamente se fosse rígida consigo mesma e não gastasse inescrupulosamente em itens do "dia a dia". Esse dinheiro poderia ir para seu fundo de aposentadoria ou você poderia gastá-lo tirando umas férias maravilhosas. Um incentivo a mais para evitar o consumismo é que sua casa não ficaria bagunçada com os restos dessas pequenas compras.

Roupas

Se você tem o hábito de usar um guarda-roupa de dez peças, já deve estar experimentando a liberdade de não ser uma escrava da moda. Se ainda o for, talvez deva reler o capítulo "Liberte-se com o guarda-roupa de dez peças".

Comprar roupas pode ser meu calcanhar de Aquiles. Não consigo passar mais tempo pensando na compra de um vestido de duzentos dólares do que em uma caixa de morangos orgânicos de três dólares. Essa neurose melhorou significativamente agora que reduzi meu guarda-roupa ao essencial, mas essa falta de lógica ainda bate à porta de vez em quando.

Uma maneira de enfrentar essa batalha é nem entrar nas lojas, a não ser que precise de algo específico. Um dia, eu estava circulando pelo mercado do produtor onde gosto de comprar produtos orgânicos frescos para a semana. O mercado de Santa Monica fica numa rua que também é um grande centro comercial. Enquanto eu andava, com a intenção de comprar apenas alimentos, passei em frente a uma das minhas lojas favoritas. Havia uma blusa linda na vitrine. Hesitei por um momento. Olhei para a blusa, olhei para minha filha (que dizia com os olhos "Não faça isso, mamãe!" ou será que era só a minha imaginação?), olhei para o mercado logo ali na frente me esperando, e pensei em entrar na loja só para dar uma olhadinha.

É claro que nunca é só uma olhadinha, e, de alguma maneira, acabei experimentando seis peças! Por fim, comprei uma blusa. Era uma blusa branca que achei que combinaria bem com meu guarda-roupa de verão. Sabia que era uma peça básica que eu usaria bastante, mas, mesmo assim, saí um pouco irritada comigo mesma pela compra. Combinava bem com meu guarda-roupa? Sim. Mas era necessário? Não. Naquele dia, gastei muito mais dinheiro do que precisava.

A moral da história é que, a não ser que você esteja procurando algo específico para adicionar ao seu guarda-roupa essencial, nem pense em entrar em lojas. Não caia em tentação.

Orgulho — um exemplo a não ser seguido

Certa tarde, meu marido, Ben, e eu fomos a Beverly Hills para fazer compras e almoçar. As compras eram para ele, que fazia isso apenas uma ou duas vezes por ano (era um adepto natural da ideia de que qualidade é melhor que quantidade). Ben queria uma calça informal que não fosse jeans, talvez uma calça cargo, só que chique. Então, lá fomos nós. Tínhamos acabado de sair do carro quando passamos pela loja Brunello Cucinelli, em Brighton Way. Veja só a coincidência: o manequim na vitrine estava vestindo justamente uma calça cargo azul-marinho de algodão leve — não era largona demais e tinha as pernas afiladas. Parei meu marido e apontei para a calça. Ela era exatamente o que ele estava procurando. Entramos na loja.

Se você nunca esteve em uma loja Brunello Cucinelli (era o nosso caso até então) devo dizer que é adorável. As roupas não são apenas desenhadas, feitas e exibidas primorosamente, mas os funcionários são competentes e corteses (o que é realmente difícil de encontrar hoje em dia!). Ben disse que queria experimentar a calça azul da vitrine, e o vendedor, um rapaz de vinte e poucos anos, colocou uma na cabine de prova. Enquanto meu marido experimentava a calça, dei uma volta e fiquei encantada com as roupas femininas. Percebi que não havia etiquetas de preço ou algo parecido (o que deveria ter sido o primeiro sinal de alerta), mas não pensei mais nisso e esperei que ele saísse da cabine. Enquanto esperava, o vendedor me deu um copo de água mineral. Que atendimento! Ah, como eu adorava comprar em Beverly Hills!

Ben saiu da cabine e exclamou com prazer que a calça tinha servido certinho. Ele é bem alto e tem dificuldade em encontrar roupas que caiam bem em seu corpo. Disse também que tinha adorado. Achamos, então, que devíamos comprá-la. O vendedor sorriu, radiante. Ben então perguntou se tinham dela em outras cores. Tinham, sim. Antes que ele dissesse que levaria a outra cor também (e eu sabia que ele estava prestes a fazer aquilo), tive a brilhante ideia de perguntar quanto a calça custava. Bom, eu sabia que seria cara, pois estávamos em uma loja bem chique. Mas, afinal, era apenas uma calça cargo; quanto poderia custar? O vendedor então nos disse: "São US$ 610."

Houve um longo momento de silêncio. Daria para ouvir uma pena caindo. Fiz uma piada dizendo que ele não precisaria da outra cor (você já conhece minha propensão a fazer piadas em meio a silêncios constrangedores). Atordoados, como se tudo estivesse em câmera lenta, caminhamos até a caixa registradora. Sei que muitos de vocês acharão difícil de acreditar — mas fizemos aquilo! Compramos a calça cargo! O que nos levou a comprá-la foi uma infeliz combinação de duas coisas: choque e orgulho. Choque porque conseguiríamos entender um preço tão alto se fosse um casaco ou uma bolsa, calças sociais, um vestido mais chique — mas por uma calça cargo? E orgulho porque não iríamos simplesmente sair dizendo que aquele preço não cabia em nosso orçamento.

Mais tarde, minha sensata amiga Juliana implicou comigo, dizendo que nenhum orgulho a teria levado a desperdiçar US$ 610 numa calça cargo e que devíamos estar loucos. Concordo com ela — uma insanidade temporária desencadeada por nosso orgulho sequestrou nosso bom senso e o jogou pela janela!

Mesmo que comprar aquela calça não nos tenha levado à falência, deu-nos uma lição importante sobre orgulho e o novo materialismo. Conseguimos rir daquilo depois (disse ao meu marido que ele precisava usá-la todos os dias pelo resto da vida para fazer a compra valer), mas na hora foi doloroso. Assim, não importa sua condição financeira, não permita que seu orgulho a obrigue a fazer uma compra que não quer. Se você se sentir pressionada por um vendedor, ou se a peça que experimentar estiver fora da sua faixa de preço, simplesmente diga "não, obrigada, não é para mim" e vá embora.

A casa

Há um famoso ditado que diz: "Felicidade não é ter o que você quer, mas querer o que você tem." Isso nos ajuda a lembrar que devemos dizer não ao novo materialismo quando o assunto é nossa casa.

Não estou dizendo que você não deva fazer reformas, consertar sua casa ou comprar móveis novos. Mas sugiro que não torne isso uma obsessão. Você realmente precisa gastar US$ 50 mil numa cozinha supermoderna? Se tiver dinheiro para fazer isso, amar cozinhar e achar que aumentará significativamente o valor da propriedade, vá em frente! Mas, se for ficar endividada ou apertada durante muito tempo, não é necessário.

E se a ideia de ter apenas um banheiro para toda a família lhe dá frio na barriga, saiba que a Família Charme vivia muito bem com um único banheiro. Eles eram felizes com o que tinham. Então, se há coisas na sua casa que estão meio caídas (um banheiro que precisa de reforma, móveis capengas, uma televisão velha), encontre uma maneira de conviver com elas ou planeje com responsabilidade como substituí-las no futuro, sem comprometer seu orçamento e sem se endividar. Seja criativa. Use almofadas novas para renovar um sofá velho. Compre toalhas brancas e fofinhas para dar ao banheiro antiquado um ar de spa. Aprenda a viver com sua televisão antiga — talvez você não devesse assistir tanto à televisão, para início de conversa! Fique contente com o que tem e use a energia que gastaria se preocupando obsessivamente com o interior da sua casa em novas empreitadas.

Dicas de como dizer não ao novo materialismo

Analise seus gastos habituais. Você se sente constantemente insatisfeita com o que tem? Está sempre procurando por uma melhoria ou atualização? Constantemente visita lojas — normais e virtuais? Sua vida é guiada pela próxima compra? Você fica empolgada quando compra coisas? Você tem dívidas? Talvez esteja na hora de domar o demônio das compras que vive dentro de você. Quando sentir necessidade ou vontade de comprar, distraia-se lendo um livro, cozinhando ou passeando. Em vez de passar a tarde de sábado no shopping, vá a um museu. Desafie-se a não comprar nada que não seja essencial por uma semana.

Quanto menos compras fizer, menos vai querer fazer. Quando passa seu tempo livre fazendo outras coisas (como escrever o livro que sempre quis), comprar pode começar a parecer perda de tempo. Não estou dizendo que você nunca irá voltar a ter prazer em comprar. Tirar uma tarde de quarta-feira para almoçar com as amigas e fazer umas comprinhas pode ser bem gostoso, mas as compras não vão mais consumir sua vida.

Siga o exemplo da Família Charme e tenha prazer com o que você já tem. Ao fazer isso, vai florescer e prosperar. Sua conta bancária agradece... e você vai cultivar e manter um sentimento de satisfação que servirá de base para sua vida.

Récapitulation

- Evite compras impulsivas fazendo listas e pagando apenas em dinheiro o que precisar no dia a dia.

- Utilize e mantenha um guarda-roupa essencial para evitar comprar tantas roupas.

- Nunca deixe um vendedor convencê-la a comprar algo. Fique firme e não deixe que seu orgulho impeça que você tome uma decisão inteligente.

- Reflita antes de fazer qualquer compra grande. Espere alguns dias e veja se ainda quer tais itens.

- Só atualize sua casa se puder pagar por isso.

- Analise seus gastos habituais e aprenda a apreciar o que já tem.

Capítulo 17

ESTIMULE SUA MENTE

A inteligência é imensamente reverenciada na França. As pessoas querem ouvir o que você tem a dizer — e vão preferir que você diga algo relevante, interessante e perspicaz. Ao morar e estudar em Paris, pela primeira vez na vida, deixei de lado todos os meus programas de televisão preferidos, as revistas de fofoca viciantes e outras formas de entretenimento que entorpecem a mente. Fui a museus, li livros, e discuti a vida com meus amigos estrangeiros. Nunca tinha ido a tantos eventos culturais. Minha sensação era a de estar desintoxicando a mente. Era estimulante.

Meus colegas experimentaram a mesma alegria. Estávamos tão ocupados indo aos lugares, aprendendo coisas e vivendo cada momento que achamos que nosso novo estilo de vida afetava nossas conversas. Em vez de nos sentarmos e fofocarmos sobre celebridades ou sobre quem tinha sido eliminado no último reality show, nossas conversas giravam em torno de assuntos realmente interessantes.

Comecei a perceber que nosso renascimento intelectual não se devia somente ao fato de sermos estudantes. Também havíamos sido estudantes na Califórnia, mas lá tínhamos as tentações da televisão, das revistas de fofocas e das insossas canções pop. Aos poucos, notei que nossas aventuras intelectuais eram resultado de nossa imersão na cultura francesa. Esta não era uma cultura obcecada por celebridades ou voltada para o consumismo, na qual a alienação prevalecia e era reverenciada. Você jamais veria Madame Charme jogada na poltrona assistindo ao Big Brother ou displicentemente folheando uma revista de fofocas, por exemplo. Acho que nunca a vi assistindo à televisão, e com certeza ela não lia aquele tipo de revistas.

Tornar-se atraente ajuda na vida, mas, em geral, ser só um rostinho bonito não é o suficiente para se arranjar na França. Na verdade, mulheres que não são propriamente bonitas, mas são intelectualmente estimulantes, são vistas com bons olhos e consideradas mais atraentes que aquelas que, digamos, não são assim.

Enquanto nos Estados Unidos você corre o risco de ser chamada de "pretensiosa" se discutir temas intelectuais ou artísticos como filosofia, música clássica ou poesia, na França se espera que você seja bem-versada nesses assuntos. Lembro-me das discussões nos muitos jantares oferecidos por Madame Bohemienne. Seus convidados normalmente perguntavam qual livro você estava lendo antes de perguntarem de onde você era.

Quando voltei aos Estados Unidos, achei difícil manter a vida intelectual que eu tinha na França. Ali a tentação espreitava em cada esquina. Mas, como ocorre com a maioria das coisas, é importante estar ciente de suas fraquezas e tentar superá-las.

Aqui vão algumas dicas inspiradoras para estimular sua mente.

Leia livros

Leia o máximo que puder. Tento ler um ou dois livros por semana. Ler mantém o cérebro ativo e o vocabulário (para não dizer o cérebro) afiado, além de ser muito mais gratificante que assistir à televisão (mais adiante vou retomar esse assunto). Quanto mais você ler, mais vai querer ler. Talvez você tenha sido uma grande leitora quando era mais jovem e agora só pegue num livro quando vai à praia. Pois então pense em tirar a poeira da estante de livros e voltar à velha forma.

Se acha que não tem tempo para ler durante o dia, talvez não saiba que há muitas outras opções. Audiobooks são maravilhosos e têm o poder de tornar mais agradáveis algumas tarefas horríveis. Coloque-os para tocar enquanto está no trânsito, limpando a casa ou fazendo exercícios. Tenho uma queda por antigos livros de mistério e mantenho um punhado de audiobooks da Agatha Christie no carro. Tendo a preferir audiobooks à música enquanto dirijo; eles podem fazer um longo trajeto passar bem mais rápido. Mas tenha cuidado para não acelerar inconscientemente quando ouvir um trecho de suspense!

Outra forma de trazer a leitura para o seu dia é manter um livro na bolsa. Você pode pegá-lo para ler quando estiver na sala de espera do dentista, fazendo as unhas ou esperando seu pedido num restaurante. Nessas esperas, às vezes longas, geralmente folheamos uma revista ou verificamos alienados nossos smartphones. Tenho um Kindle e gosto de levá-lo para todos os lugares exatamente por isso. É muito útil carregar um desses aparelhos com você. Leio no cabeleireiro, esperando o almoço (se estiver sozinha), antes de fazer massagem — onde quer que eu possa incluir uma leitura! (Ultimamente, aonde quer que eu vá vejo pessoas lendo em seus Kindles e similares. Um dia todas nos perguntaremos como fazíamos sem eles!) Também gosto de ler antes de dormir. É tão aconchegante deitar na cama com um bom livro...

Por motivos sociais, é uma boa ideia ter em mente uma lista de livros interessantes lidos recentemente para ter algo a dizer na próxima vez em que lhe perguntarem se "leu algo de bom ultimamente". Acrescente à sua lista alguns livros que não escolheria normalmente. Um de poesia ou de filosofia, por exemplo. Estimule sua mente com a leitura e você será a convidada mais interessante da próxima festa.

Leia jornais

Assinamos o *Financial Times* e o *Los Angeles Times* (nos fins de semana). Adoro receber jornais. Eles não apenas trazem notícias como também têm vários artigos provocativos que eu nunca conheceria se só lesse as notícias na internet. Além disso, ler notícias na internet pode levá-la a um caminho tortuoso. Você pode ter a intenção de ler as manchetes da CNN.com e se pegar lendo, num site de fofocas, sobre as últimas aventuras amorosas de um ídolo adolescente. Quando perceber, uma hora já terá passado e você não estará mais informada do que antes.

Assista a filmes

Troque as grandes produções de Hollywood por filmes independentes e estrangeiros. Tornei-me muito pouco tolerante com relação a filmes comerciais. O tempo é tão precioso que prefiro não desperdiçá-lo sentada em frente a explosões violentas de duas horas e meia. Quando vou ao cinema, gosto de ver filmes independentes que contam uma boa história. Leia em um jornal local ou na internet sobre o filme e avalie as críticas. Se tiver por perto um cinema que exiba filmes independentes, anote o nome dos próximos lançamentos para ter uma ideia do que ver no futuro.

Também não se esqueça dos clássicos. Certas distribuidoras de DVDs têm um impressionante acervo de filmes que podem ser assistidos on--line ou entregues pelo correio. Gosto de ver filmes clássicos da era de ouro de Hollywood pelo menos uma vez por mês. Hitchcock é o meu diretor favorito.

Acompanhe as artes

Mantenha-se a par das últimas exposições do museu local. Vá ao teatro, ao balé, à ópera. Frequente concertos. Informe-se sobre um tipo de música com o qual não está familiarizada. Se gostar de música clássica, você pode se especializar em um tipo de composição, familiarizando-se com noturnos, por exemplo. Ou leia a biografia do seu compositor predileto (o meu é Chopin) para poder apreciar melhor seu trabalho. Estimule com arte a sua mente.

Melhore seu vocabulário

Entre em uma página com palavras do dia na internet. Tenho uma palavra do dia na minha página inicial, que é a primeira coisa que vejo quando ligo meu computador toda manhã. Isso expande meu vocabulário e evita que eu diga "tipo" demais (um vício terrível que tenho, por ter crescido no sul da Califórnia).

Incorpore novas palavras aprendidas ao seu discurso cotidiano. Se alguém chamá-la de pretensiosa, simplesmente dê um sorriso de Mona Lisa e siga em frente. Não se sinta pressionada a contribuir com o emburrecimento da sociedade por temer ser considerada pretensiosa. Não dê bola para o acusador. Você não precisa desse tipo de gente na sua vida.

Assista menos à televisão

Quanto menos assistir, menos vai querer assistir. Nos seis meses que passei na França, devo ter visto ao todo umas quatro horas de televisão. Não senti a mínima falta. A vida cotidiana era empolgante demais. No entanto, quando voltei aos Estados Unidos, caí na armadilha de assistir novamente — e muito. Durante alguns anos, assisti à televisão várias horas por dia! Mas isso me incomodava. Eu não me sentia satisfeita. Definitivamente não lia tanto quanto gostaria. Sentia-me muito mais claustrofóbica, uma preguiçosa — não era uma boa sensação.

Decidi fazer uma "dieta de televisão" e hoje assisto só algumas horas por semana, o que já está bom para mim. Não me entenda mal, ainda tenho meus programas preferidos (que não vou nomear aqui por vergonha de revelar), mas a diferença é que agora tenho um ou dois prazeres secretos em matéria de programas de TV e não seis; e gosto mais desses poucos programas. Agora, passo cada vez mais tempo lendo, escrevendo ou passeando, e estou muito mais feliz.

Se você acha difícil cortar esse hábito, pense em rearrumar os móveis da sala para privilegiar conversas em vez da televisão. Se todos os assentos da sua sala de estar estiverem dispostos de modo a facilitar o ato de assistir à televisão, mude um pouco. Permita que a lareira ou uma obra de arte seja o foco. Torne a TV uma coadjuvante na sala de estar, não a estrela principal. Espero que isso a inspire a ser mais sociável e a conversar com sua família e seus convidados, eliminando a sensação de conforto um tanto hermético, proporcionado pela ação crônica de assistir à televisão.

Viaje

Viaje tanto quanto puder. Ver outras culturas é a melhor forma de estimular a mente e expandir horizontes. (Afinal, veja o que visitar Paris fez comigo!) Quando viajar, não vá apenas aos grandes pontos turísticos. Tente imergir na cultura como se fizesse parte dela. Faça amigos no lugar. Encontre restaurantes escondidos. Aprenda sobre escritores e artistas locais.

Também seria prudente aprender os costumes do país que você está visitando para evitar dar alguma mancada. É claro que nem sempre é possível...

Certa manhã, acordei em Paris com um resfriado terrível. Sentia-me péssima, tive tremedeiras e com certeza estava febril. Faltei à aula e fiquei na cama. Madame Charme foi muito gentil e atenciosa; trouxe-me água morna com limão e uma sopinha. Ela estava preocupada com a minha febre e, por isso, trouxe também um termômetro para verificar minha temperatura. Agradeci e coloquei o termômetro na boca. No momento em que fiz aquilo, um olhar de horror tomou conta do rosto de Madame Charme. Ela começou a gesticular incontrolavelmente e ficou sem palavras — querendo dizer algo, mas incapaz de fazê-lo.

— O que foi? — perguntei, com o termômetro ainda na boca.

— *Jennifer! Non!* — foi tudo o que conseguiu dizer. Ela ainda gesticulava. Eu nunca tinha visto Madame Charme perder a tranquilidade antes. Devia ser algo sério.

— O que há de errado? — perguntei. Talvez Madame Charme também não estivesse se sentindo bem.

— Esse termômetro — exclamou ela, exasperada — não é para a boca! É para... — E aí fez um gesto de desculpas, apontando para o bumbum.

Não preciso dizer que cuspi o termômetro mais rápido que um parisiense dirigindo em volta do Arco do Triunfo. Naquele momento, Madame Charme começou a rir descontroladamente. Na hora, eu não tinha disposição nem senso de humor para me divertir, já que tinha acabado de inserir o termômetro retal da família na boca, mas, mais tarde, naquele dia, consegui brincar com a situação.

Então, por favor, aprenda com meu erro e faça com que essa minha humilhante experiência lhe seja útil. Se precisar de um termômetro na França, lembre-se de como funciona.

Faça cursos

Apesar de você não passar mais o dia inteiro na escola, ainda pode fazer cursos. Há tanto o que aprender — novas línguas, novos instrumentos, novas habilidades. Não importa sua idade. Nunca se é velho demais para aprender. Mergulhe de cabeça. No final da minha adolescência e aos vinte e poucos anos, eu era atriz e fazia muito teatro. Participei de uma companhia itinerante que encenava Shakespeare para crianças e fazia peças independentes quando podia. Eu sempre fazia aulas de teatro nessa época para manter minhas habilidades aguçadas. Então, aos vinte e tantos, senti o desejo de começar a escrever. Quando criança, tinha o sonho de ser escritora quando crescesse, mas, por alguma razão, nunca fiz aulas de escrita criativa. Muito nervosa, finalmente me inscrevi num curso chamado *O romance de noventa dias*. No caminho para a aula, percebi que estava um pouco intimidada. Eu tinha certeza de que estaria cercada por escritores profissionais ou pelo menos por pessoas muito mais experientes que eu. Quem eu achava que estava enganando? Quase voltei atrás. No entanto, algo me manteve ali (o fato de que eu já havia pagado pelos três meses de aula provavelmente teve alguma influência). Fazer aquele curso foi uma das melhores decisões que já tomei na vida. Ele não apenas me ensinou algumas coisas, mas também permitiu que eu me tornasse parte de um grupo de escritores de quem continuei amiga. Sem isso, este livro nunca teria sido escrito!

Faça um esforço. Participar de algo novo pode ser assustador, mas fazer um curso pode realmente dar uma mexida numa vida calma demais. Aqui vão algumas sugestões de cursos que podem tornar sua vida mais interessante: roteiro, dramaturgia, escrita criativa, teatro, improvisação, pintura, piano, culinária, cinema, artes plásticas, degustação de vinhos, caratê, chi kung, equitação, francês. A lista é interminável...

Récapitulation

- Nunca se perca intelectualmente. Desafie seu cérebro diariamente.

- Leia ou ouça audiobooks o máximo que puder.

- Procure filmes estrangeiros ou independentes como alternativas aos típicos sucessos hollywoodianos.

- Assine um jornal para ter acesso a artigos especiais e críticas.

- Seja uma mecenas das artes no campo que mais lhe interessar.

- Expanda seu vocabulário e procure páginas de palavras do dia na internet. Tente usar novas palavras no cotidiano e evite o vocabulário vulgar.

- Assista menos à televisão. Quanto menos assistir, menos sentirá falta.

- Viaje o máximo que puder. Visite lugares fora da sua zona de conforto (mas não muito longe dela — você tem que estar segura!) e aprenda sobre novas culturas.

- Não importa sua idade, faça cursos relacionados com assuntos que despertem seu interesse. Faça um esforço: isso pode mudar a sua vida.

Capítulo 18

ENCONTRE PRAZERES SIMPLES

No começo do filme *O fabuloso destino de Amélie Poulain*, o narrador apresenta as personagens a partir de seus pequenos prazeres do dia a dia. Amélie gosta de mergulhar as mãos no saco de grãos do mercado, atirar pedrinhas no canal Saint-Martin e quebrar a casquinha do *crème brûlée* com a colher. Seu pai adora limpar sua caixa de ferramentas e colar papel de parede. Os pequenos prazeres de sua mãe são arrumar a bolsa e esfregar o chão com seus chinelos. As preferências das personagens são levemente excêntricas e caprichosas, mas também mostram como os franceses conseguem sentir prazer com as coisas mais simples da vida.

Assim como as personagens de *Amélie Poulain*, a Família Charme também conseguia sentir prazer com as menores coisas. Madame Charme gostava de ouvir um programa de rádio matinal enquanto preparava o café da manhã. Adorava arrumar os morangos de forma simétrica na *tarte aux fraises*. Esperava ansiosamente pelo telefonema da manhã para uma amiga com quem comentava as últimas notícias da cidade. Monsieur Charme adorava seu cachimbo, sua fatia noturna de camembert — *le roi du fromage*. E as férias? Sua casa de veraneio na Bretanha proporcionava um prazer infinito.

Os prazeres da Família Charme eram simples, mas também repetitivos. Eles encontravam uma maneira de apreciar a repetição dos aspectos aparentemente habituais da vida cotidiana. Madame Charme podia perfeitamente pensar "aqui estou eu de novo, preparando o café da manhã para a família. Todo dia a mesma coisa!", já Monsieur Charme pensaria "camembert de novo na tábua de queijos? Por que não variamos?". Mas eles não tinham uma atitude negativa com relação aos detalhes repetitivos do cotidiano e, em função disso, formavam uma família em que seus membros tinham muita afinidade.

Extrair prazer das coisas simples pode ser o segredo de uma vida feliz. Se você diminuir o ritmo e sentir prazer com as coisas simples, vai aumentar as chances de ter uma existência contente e equilibrada e será menos propensa a incorrer em hábitos pouco saudáveis, como gastar e comer demais ou acumular coisas. Você também terá mais chances de viver o momento e ser agradável com sua família.

É claro que uma atitude positiva é importante (lembro-me da minha amiga Romi, que sempre tem uma postura positiva e alegre em qualquer circunstância). Mas estou propondo que você dê um passo a mais. Apreciar prazeres simples não é só uma questão de positividade, mas de dar uma guinada na vida. É uma questão de viver totalmente o momento e não perder nada. É uma questão de ter senso de humor, de se sentir triunfante, de estar aberta e pronta para o que quer que a vida apresente. Talvez você aprecie dar uma voltinha na feira e experimentar as doces tangerinas que encontrar por lá. Ou talvez saboreie o momento em que estiver ao lado de um homem bonito no elevador, fechando os olhos ao sentir o cheiro do perfume dele. Talvez se pegue passando por uma rosa magnífica e pare para admirá-la (e claro, também para sentir seu cheiro), sem se preocupar em parecer louca.

Os trabalhos de Sísifo

É claro que você pode sentir prazer com coisas agradáveis, como comer tortas e cheirar rosas, mas e as coisas desagradáveis? E aquelas tarefas do dia a dia que não são nada divertidas? E o fato dessas tarefas terem que ser repetidas várias vezes? Como evitamos o Sísifo em nossas vidas?

Lembra-se de Sísifo, o rei mitológico que foi punido por toda a eternidade tendo que carregar uma rocha montanha acima, só para vê-la descer novamente? Quando estudei latim na escola, senti muita pena do pobre Sísifo. Lembrei-me do personagem mitológico quando li *The Lost Art of Gratitude*, de Alexander McCall Smith. No livro, a personagem principal, Isabel, defende a ideia de que todos somos Sísifos de alguma maneira. Limpamos a cozinha à noite apenas para encontrá-la suja de novo no dia seguinte depois do café. Arquivamos nossos papéis no trabalho apenas para ver a pilha crescer novamente no fim do dia.

Meus próprios trabalhos de Sísifo envolvem coisas como esvaziar a lava-louça, lavar roupas e arquivar os papéis. Quando essas tarefas bestas do dia a dia parecem ter terminado, vejam vocês, do nada elas reaparecem e precisam ser feitas novamente.

Acredito que o segredo é aproveitar a jornada e apreciar a natureza cíclica das tarefas em questão. Pense nos pequenos prazeres que você pode sentir ao esvaziar a lava-louça, lavar roupas e arquivar papéis. Alguns podem achar que isso é "ser Poliana". Mas e se você for arrumar a louça de manhã cedo, antes de todo mundo acordar? Você pode apreciar a experiência de estar sozinha, sem ter que cuidar das necessidades e dos desejos dos filhos e do marido. Claro que vai precisar se inclinar, recolher copos e guardá-los, mas procure o prazer do momento. Talvez o sol esteja nascendo e a luz entrando pela janela. Um bule de chá vai estar fervendo, enchendo a cozinha com um aroma acolhedor. Talvez o cachorro tenha vindo lhe fazer companhia ainda sonolento. Essa é a ideia.

Madame Charme realmente se deliciava com suas repetitivas tarefas cotidianas. Ela acordava bastante cedo para aprontar o café da manhã da família. Monsieur Charme saía de casa cedo para trabalhar, então, na maioria dos dias, Madame Charme estava acordada às cinco e meia da manhã! Mesmo assim, ia para a cozinha com seu belo robe e seus chinelos, ouvia seu programa de rádio, fazia o café, preparava o chá, colocava as conservas caseiras na mesa e conversava com o marido durante a refeição. Quando eu acordava (bastante tempo depois), ela estava vestida e pronta para o dia.

Ela nunca reclamou de acordar tão cedo para fazer o café da manhã. Acho que realmente sentia prazer com sua rotina. Quando você aprende a ter prazer com tarefas cotidianas, a repetição infinita se torna menos desanimadora.

Talvez uma das tarefas que você mais deteste seja ir ao supermercado. Você tem a impressão de estar sempre no mercado mais cheio! Lembro-me de novo de Amélie, que adorava ir ao mercado porque gostava de mergulhar as mãos no saco de grãos. Você consegue encontrar um prazer parecido ao dela (e talvez mais higiênico)? Talvez se delicie cheirando os morangos para ver quais estão mais doces ou se aventurando pela seleção de queijos europeus da seção de laticínios. Por que não transformar essa tarefa inevitável em algo prazeroso?

A verdade é que essas tarefas têm que ser feitas. Não há como evitá-las. Quase todo mundo tem uma tarefa cotidiana que não é nada divertida. O segredo é encontrar prazer ao realizá-la e não desejar estar fazendo algo diferente.

Use seus sentidos

Quando morei em Paris, fiz um curso de degustação de vinhos. Pensei que naquele curso eu aprenderia coisas interessantes. Não queria parecer ingênua ou tola se me pedissem para provar um vinho quando jantasse em um restaurante. Queria poder diferenciar o bom e o ruim.

Quando nosso instrutor falou pela primeira vez dos passos necessários para realmente degustar vinhos — cheirar o vinho, balançar o copo e finalmente provar — fiquei um pouco cética. Será que daria para fazer aquilo sem parecer pretensiosa? (Você sabe que não me sinto bem ao ser chamada de pretensiosa!) Meus colegas e eu rimos preocupados enquanto seguíamos as instruções com os próprios copos. E então, por pedido do instrutor, descrevemos o que provamos: amoras, baunilha, almíscar, carvalho — Deus sabe que outras notas sugerimos. Estávamos nos divertindo com todo o processo, mas fiquei pensativa. Degustação de vinhos — o uso dos sentidos, a apreciação do sabor, a ênfase na qualidade, sentir tanto prazer com algo tão simples — era uma metáfora da vida francesa.

Quando estava em Paris, aprendi a degustar vinhos corretamente. A apreciar perfumes. A saborear um jantar de três horas. A descobrir as nuances entre diferentes queijos. A ouvir música atentamente e apreciá-la. Foi em Paris que meus sentidos ganharam vida, permitindo que eu sentisse prazer com coisas às quais jamais teria prestado atenção nos Estados Unidos.

Isso pode ter acontecido por diversas razões. Eu estava na faculdade e praticamente não tinha responsabilidades. Nenhuma conta para pagar, nenhum emprego para manter. Eu era jovem e aventureira e tinha a cidade mais bonita e romântica do mundo à minha disposição. Não é de espantar que eu estivesse saltitante, flertando e me deliciando com praticamente tudo com que cruzava. Quem poderia me culpar por viver uma experiência tão sensória e sensual?

No entanto, quando deixei Paris, minha vida virou uma monotonia. Eu comia as mesmas coisas o tempo todo e não desafiava meu paladar. Acostumei-me ao cheiro dos meus produtos de banho e, na verdade, nem sentia mais direito. Ouvia música pop boba no rádio e mudava de estação nos comerciais. Essencialmente, estava desperdiçando os mesmos sentidos que fizeram eu me sentir tão viva em Paris. Aquilo era fácil. Eu não estava mais em Paris. De repente, minha vida ficou muito diferente. Estava terminando a faculdade, precisava de um emprego e, pela primeira vez na vida, tinha contas para pagar. Não haveria mais horas livres em cafés e parques para me alegrar. Então, felizmente, comecei a questionar essa triste virada nos acontecimentos e me lembrei de que, como disse tão bem o escritor Ernest Hemingway, Paris é uma festa. Por que os prazeres simples que eu havia experimentado vivendo lá não poderiam ser encontrados em qualquer outro lugar do mundo? Independentemente de minhas circunstâncias?

Aprendi que, se estiver mergulhada numa monotonia a ponto de não conseguir encontrar prazer nas coisas simples da vida, o melhor a fazer é usar seus sentidos. Você não tem que estar de férias em uma cidade romântica do exterior para viver em êxtase. Você pode se divertir em qualquer circunstância — quer esteja a maior parte do dia trabalhando em um escritório, quer esteja no parquinho com seus filhos. Quer esteja andando por uma rua de pedrinhas em Paris ou desviando de pedestres em Nova York. Você está no controle de cada experiência de sua vida. É você quem escolhe como vai ser.

Talvez as manhãs de segunda sejam particularmente difíceis para você, por exemplo. Como se diverte muito no fim de semana, ouvir o despertador tocar e saber que mais uma semana de trabalho está começando pode ser bem desagradável. Você normalmente levanta da cama (ressentida), toma um banho rápido, leva vinte minutos para decidir que diabos vestir, vai até a cozinha, engole uma tigela de cereal e uma xícara de café instantâneo e corre para o trabalho. Essa rotina matinal está tão internalizada que parece uma segunda natureza sua. Você simplesmente segue o roteiro e uma hora depois está na sua mesa de trabalho.

Será que haveria algum jeito de tornar essa detestável rotina matinal algo agradável? Acha que seria possível você um dia esperar satisfeita pela manhã de segunda (ou qualquer outra manhã parecida)? E se você desse uma mexida na sua rotina matinal estimulando seus sentidos? Coloque um suéter de caxemira e aprecie a textura macia e aveludada daquele tecido na pele. Passe uma gota de perfume atrás da orelha direita para que, se cruzar com um estranho na hora almoço, você chame sua atenção. Sinta o aroma maravilhoso do seu café matinal — feito do jeito que você gosta e com a quantidade certa de creme. Ouça sua sonata favorita enquanto faz tudo isso. Não acha que essa seria uma maneira arrebatadora e sensual de se aprontar para o dia? O prazer não deve ser reservado apenas para ocasiões tradicionalmente prazerosas.

Diminua o ritmo

Tente não correr ao longo do dia. Procure viver o momento. Sabe aqueles dias em que sua cabeça simplesmente está em outro lugar? Mesmo que sofra a pressão do tempo, tente viver o momento. Não há razão para correr do ponto A ao ponto B. Como bem disse o poeta Ralph Waldo Emerson: "A vida é uma jornada, não um destino." Quando você reserva um tempo para percorrer o dia com sabedoria, você se mantém aberta a novas experiências e fica mais disposta a se deleitar com prazeres simples.

Não deixe os prazeres secretos saírem do controle

Todas nós temos isso. Prazeres secretos. Seus prazeres secretos podem ser assistir a uma novela na televisão, comer algumas trufas de chocolate à tarde ou tomar uma taça de vinho na banheira. Mas, se isso lhe dá prazer, por favor, faça! Só esteja sempre ciente de não estar usando seus prazeres secretos para desenvolver maus hábitos. Assistir a toda uma maratona de novelas, comer uma caixa inteira de chocolates em vez de um só ou tomar várias taças de vinho na banheira pode ser um exagero. A razão de ser dos prazeres é que eles devem permanecer prazerosos. Verdadeiros prazeres não levam à culpa, fazem você se sentir doente ou promovem comportamentos pouco saudáveis.

Se começar a sentir que seus prazeres secretos estão saindo de controle, faça como as personagens de *Amélie Poulain* e tenha prazer com coisas simples do cotidiano. Fazer isso pode desviar sua atenção para hábitos mais saudáveis. Se conseguir desenvolver um desejo prazeroso de limpar a bolsa, por exemplo, como a mãe de Amélie, você pode esquecer um hábito pouco saudável ou viciante, como passar a tarde de sábado visitando lojas.

Veja se consegue se deleitar ao organizar a bolsa ou fazer uma torta de morango do mesmo modo que ao fazer compras ou assistir à televisão. Redefina o que significa para você um prazer secreto. Seu bolso, para não dizer sua alma, agradece.

Alegre-se com cada aspecto da vida — grande ou pequeno. Não deixe nada passar em branco. Aprecie tudo — seja isso visto como bom ou ruim. Você tem o poder de tornar toda e qualquer experiência prazerosa. Desafie preconceitos e se delicie com as coisas simples da vida.

Récapitulation

- Sentir prazer com as coisas mais simples pode levá-la a uma vida feliz e empolgante.

- Aprenda a transformar seus trabalhos de Sísifo em experiências prazerosas.

- Adotar uma visão positiva da vida é o segredo (de tudo) — assim como o senso de humor.

- Use seus sentidos para tirar o máximo de prazer de suas experiências.

- Diminua o ritmo e tente não correr durante o dia. Faça um esforço e, assim, no fim das contas, viver o momento será natural para você.

Capítulo 19

VALORIZE A QUALIDADE ACIMA DE TUDO

Viver com a Família Charme definiu o que é qualidade de vida para mim. Aprendi sobre roupas, móveis, comida, bem como sobre pensamentos, sentimentos e entendimentos de qualidade. Tantas coisas no estilo de vida francês enfatizam a qualidade!

Madame Charme e sua família eram grandes modelos. Eles buscavam qualidade em suas roupas, sua aparência, sua decoração, sua comida, suas conversas, no tempo que passavam juntos. Eles viviam vidas plenamente realizadas.

Acreditavam que mereciam viver bem e simplesmente faziam isso. Eram genuinamente contentes com suas vidas; eu saberia se estivessem descontentes. É extremamente difícil esconder esse tipo de coisa quando há alguém vivendo com a gente por um período tão longo.

Uma vez que você se compromete a viver com qualidade, ela permeará cada aspecto da sua vida. Você será mais seletiva com os alimentos que come, com os tecidos que veste, com a maneira como escolhe passar seu tempo. Você tenderá cada vez menos a se empanturrar de fast-food, a comprar às pressas uma peça de roupa de qualidade inferior só porque está em promoção ou a se sentar em frente à televisão deixando a vida passar.

A predileção da Família Charme por coisas e experiências de qualidade era inspiradora e, como descobri depois, aquele era um modo de vida totalmente possível de se alcançar.

Comida de qualidade

Comer alimentos de qualidade é um dos grandes prazeres da vida. Torne--se uma conhecedora de comida refinada. Procure a melhor qualidade disponível. Comida de alta qualidade não tem que ser cara! Finalmente resolvi frequentar a feira local, famosa no mundo inteiro por oferecer alimentos deliciosos. Comecei a ir à feira como um meio de cumprir meu compromisso de incorporar exercícios ao meu cotidiano e porque sentia falta dos vibrantes e atraentes mercados abertos de Paris e do sul da França.

Na minha primeira ida ao mercado do produtor de Santa Monica, comprei alguns tomates, uma caixa de morangos, algumas abóboras e um punhado de brotos. Toda essa compra foi bem barata. Mais tarde, fatiei um dos gigantescos tomates amarelos, arrumei cuidadosamente as fatias num prato e salpiquei um pouco de sal. Meu marido e eu provamos a iguaria e ficamos maravilhados: aqueles tomates eram verdadeiramente tentadores e saborosos. Estávamos tão acostumados a comer as variedades anêmicas e sem gosto encontradas no supermercado que tínhamos esquecido o gosto de um verdadeiro tomate! Os morangos estavam tão docinhos que não precisavam de açúcar para se tornarem aceitáveis. Depois de se deliciar com alguns, meu marido (que não é de grandes elogios) disse que não comia um morango tão doce desde a sua infância na Inglaterra!

Quando você disciplina seu paladar para que aprecie apenas a melhor comida, elimina qualquer desejo de comer algo de qualidade inferior, uma mudança que pode ser bastante útil se está tentando se livrar do hábito de beliscar. Leva um tempo, mas logo você não vai mais desejar as comidas processadas, empacotadas e de baixa qualidade que pode ter apreciado no passado e fará escolhas mais inteligentes em restaurantes. Tornar-se uma conhecedora de comida é bem divertido e pode se tornar um hobby bastante útil.

No entanto, é importante destacar aqui que você não deve virar uma pessoa esnobe. Faça seu melhor para evitar torcer o nariz para qualquer comida de qualidade inferior que lhe sirvam — seja num restaurante ou no jantar de um amigo. Sempre seja educada e agradeça pela comida que colocam à sua frente. Afinal, ser vista como esnobe pode afetar um pouco sua agenda social.

Roupas de qualidade

Torne-se uma conhecedora de tecidos e alfaiataria. Você pode gastar mais em uma roupa do que antes, mas ela durará mais tempo, desde que seja bem-cuidada.

Quando fizer a transição para o guarda-roupa de dez peças ou essencial, você não vai querer guardar ali nada que não seja da melhor qualidade possível. Seria o equivalente a comer doces industrializados quando se está acostumada a bolos de chocolate caseiros. Você simplesmente não vai querer mais usar roupas de baixa qualidade.

Seja uma consumidora bem-informada

Temos sorte em viver na era da internet. Não há melhor ferramenta para se informar antes de tomar decisões. Com críticas, notas, blogs e sites voltados para o consumidor, somos capazes de fazer escolhas inteligentes sobre qualquer coisa que compramos. Podemos poupar muito dinheiro e aborrecimentos em longo prazo.

Quando meu marido e eu nos preparávamos para a chegada do nosso primeiro filho, precisamos comprar toda uma gama de produtos sobre os quais não tínhamos a menor informação — berços, babás eletrônicas, fraldas, cadeirinhas (uma lista interminável). Eu sabia que queria tudo da melhor qualidade que pudéssemos pagar. Em vez de andar pelas lojas arriscando adivinhar o que seria melhor para o nosso bebê, entramos na internet para ler artigos e críticas, e, de modo geral, ficamos felizes com as escolhas feitas. Economizamos muito dinheiro. Coisas de bebê são caras! Acertamos de primeira e evitamos gastos extras.

Ser uma consumidora bem-informada não é só saber qual berço recebeu a melhor classificação em um site sobre bebês. Também envolve questões éticas e ambientais. Quando comprar carne vermelha, aves, peixe e ovos, você vai querer saber de onde vieram aqueles produtos e como os animais foram criados. Quanto mais pessoas insistirem em consumir carne e laticínios orgânicos, de animais criados em boas condições e sem hormônios, mais esses produtos estarão disponíveis.

Outra ótima maneira de tomar decisões bem-informadas sobre a qualidade dos produtos que se consome é dar uma olhada na empresa que os produz. A empresa tem políticas de respeito ao meio ambiente? Criar a demanda por uma qualidade maior só pode trazer mais benefícios para as empresas que desejam ser competitivas no seu ramo.

Experiências de qualidade

Você tem o poder de fazer com que todas as experiências da sua vida sejam de qualidade. A escolha é sua. No capítulo anterior, falamos sobre ter prazer com as coisas comuns da vida, para ter uma existência mais completa e satisfatória. Sentir prazer com coisas pequenas é uma tática, mas a maneira mais eficaz de conquistar uma vida de qualidade é ter uma postura positiva.

Se há algo estressando você, tente relativizar as coisas, analisando a situação objetivamente. Faça uma dieta de negatividade. Elimine pessoas negativas do seu círculo de amizades. A vida é preciosa demais para que você fique de baixo-astral com os dramas dos outros. É claro que você deve apoiar sua família e seus amigos quando eles passarem por um momento difícil — assim como espera que eles a apoiem — mas tome cuidado com pessoas que estão constantemente em um momento difícil. A negatividade delas está ocupando muito espaço na sua vida? Se você passar por uma experiência negativa, tente aprender com ela e veja o que pode tirar de bom.

Procure diversão e alegria em qualquer situação e faça tudo com amor. Isso garantirá que qualquer experiência, boa ou ruim, seja uma experiência de qualidade.

Tempo de qualidade

Quando estiver com sua família, sempre garanta que vai ser um tempo de qualidade. Talvez o único momento do dia em que a família toda se reúna seja na mesa de jantar. Se for esse o caso, é ainda mais importante que esse tempo seja aproveitado. A televisão, os telefones e o computador devem estar desligados. A mesa foi posta com amor, e a comida é gostosa e feita com capricho. Conversem. Rir com pessoas queridas é a melhor coisa do mundo. Crie um ritual sagrado ao passar um tempo de qualidade com a sua família.

Muitas vezes nos comportamos bem com estranhos e convidados, mas com a nossa família, abrimos mão desse hábito. Use seus melhores modos com a sua família também. Demonstre seu amor diariamente. Crie as bases para que todos tratem uns aos outros com respeito. Sempre fiquei impressionada com a relação de Monsieur e Madame Charme e seus filhos. Os jovens tinham um profundo respeito pelos pais, davam-se muito bem entre si e os que não moravam mais lá adoravam fazer visitas regulares. Talvez, em parte, por causa dos espetaculares jantares de Madame Charme, mas era mais do que isso. Havia muitos sorrisos e muito amor naquela casa. Os filhos queriam voltar porque sabiam que qualquer tempo passado com sua família seria um tempo de qualidade.

Como me tornei uma conhecedora do cotidiano

Em 2008, comecei meu blog, The Daily Connoisseur — a conhecedora do cotidiano —, para debater os mesmos temas sobre os quais escrevo neste livro. Uma conhecedora do cotidiano é alguém que procura qualidade a cada momento de cada dia — alguém capaz de apreciar a vida ao máximo. Mas as sementes para se tornar uma conhecedora do cotidiano foram plantadas na minha cabeça muito antes da criação do blog. Antes até de viver em Paris com a Família Charme...

Como mencionei anteriormente, quando eu tinha 18 anos, passei seis semanas com meus pais na Côte d'Azur, no sul da França. Meu pai, que é professor universitário, estava trabalhando como tutor de uma família abastada que tinha um iate ancorado em Cannes. Visitar Cannes foi minha primeira experiência europeia, e, como qualquer um que conheça o sul da França pode dizer, aquele é um lugar muito glamoroso.

É claro que aos 18 anos qualquer um se impressiona facilmente, e fiquei muito impressionada com a maneira como as pessoas viviam naquela rica cidadezinha litorânea. Todas andavam muito arrumadas durante o dia e ainda mais à noite. Seguir o protocolo era importante — os modos à mesa, na rua, a maneira como todo mundo se referia a mim como *made-*

moiselle, era uma beleza! Comecei a observar os costumes, como tomar um aperitivo antes do jantar e à tarde aproveitar um alegre espresso num café.

Fiz de minhas observações uma verdadeira missão — nos cafés, andando pela Croisette, relaxando na piscina do hotel, almoçando nos restaurantes à beira-mar, fazendo umas comprinhas com a minha mãe. Vi que os habitantes daquela cidade exclusiva pareciam apreciar e se deliciar com absolutamente todos os momentos de suas vidas. A vida era divertida!

Passei aquelas seis semanas praticamente no nirvana. Eu só conhecia até então a cidadezinha da Califórnia onde havia crescido. Foi maravilhoso ser exposta a um estilo de vida tão deslumbrante. Passamos dias em Mônaco e Saint-Tropez. Sim, fiquei embasbacada pela clara opulência desses lugares, mas também intrigada com o estilo de vida francês. Aquelas eram pessoas bem-vestidas, bem-arrumadas, bem-calçadas e em ótima forma. Aquelas eram pessoas que aproveitavam a vida. Eu queria ver mais. Queria viver mais aquilo, e, quando minhas férias de seis semanas terminaram, imediatamente fiz planos de estudar francês na universidade e de voltar ao país de alguma forma. Dessa vez, queria ir para Paris — a capital daquilo tudo. Queria conhecer o cotidiano daquelas pessoas que eu tinha visto — e levar uma vida de qualidade. E aí a sementinha foi plantada...

Récapitulation

- Comprometa-se a viver uma vida de qualidade para sintonizar sua mente no conceito de uma vida refinada.

- Torne-se mais seletiva com os alimentos que come, com as roupas que veste e com a maneira com que escolhe passar seu tempo.

- Torne-se uma conhecedora de iguarias finas.

- Seja uma consumidora bem-informada. Antes de comprar, leia críticas e pesquise empresas e produtos.

- Faça com que todas as experiências que tiver sejam de qualidade ao adotar uma postura positiva e ter senso de humor com relação à vida.

- Torne o tempo que passa com a família e os amigos um tempo de qualidade.

Capítulo 20

VIVA APAIXONADAMENTE

Aprendi muitas lições no meu tempo em Paris, mas a mais profunda delas foi como viver a vida apaixonadamente. Cada detalhe da vida se torna excepcional se você permitir que seja assim. Você tem a chave. Quando preenchida por risos, amizade, arte, aventuras intelectuais e certa alegria, a vida pode ser extraordinária. Permita-se se emocionar diariamente. Todo dia, quando levanta da cama, você pode escolher simplesmente seguir a maré e apenas existir ou seguir em frente com paixão, aproveitando sempre sua vida e tirando algo de cada situação — seja ela boa ou ruim.

Quando vivi em Paris, cada aspecto da minha vida era inspirado por paixão. Passei a estar sempre pronta para todos os prazeres que a vida tinha a oferecer. Deliciei-me com as coisas mais simples — ouvir Chopin na vitrola depois de um bom jantar com a Família Charme, comer uma deliciosa fatia do bolo de chocolate sem açúcar de Madame Bohemienne, ler um verso bem-escrito de um poema ao tomar sol nos jardins das Tulherias... Em Paris, eu vivia uma existência intensamente compensadora. A vida era apaixonante.

É claro que não começou assim. No começo da minha estada na França, queria estar sempre no controle. Eu estava tão longe da minha família... do meu querido sul da Califórnia com todos os seus confortos informais... Para começar, eu era tímida e raramente me aventurava fora da minha zona de conforto: a casa de Madame Bohemienne, minhas aulas na Sorbonne e na Universidade Americana e, claro, o lar da Família Charme no 16e *arrondissement*. Com certeza eu me aventurava na cidade, mas sempre estava com meus amigos mais próximos e com um mapa à mão.

No fim das contas, depois que passei a conhecer os arredores e ter um pouco mais de fluência na língua, comecei a respirar o ar da cidade. E pude relaxar um pouco. Por vezes me aventurava sozinha e passava uma tarde inteira no Museu d'Orsay ou caminhando pela Champs-Élysées. Eu sentava em cafés sozinha, confortada pelo fato de não conhecer ninguém que estava à minha volta, e podia me deleitar com o teatro diário das ruas de Paris. Comecei a me sentir uma verdadeira parisiense.

Uma noite, cerca de um mês após minha chegada, fui convidada para ir a uma boate com alguns amigos novos. Até então, nunca tinha chegado tarde, pois não queria dar à Madame Charme a impressão de que era festeira demais. Mas achei que estava na hora. Com uma blusinha dourada brilhante, calça social preta e saltos altos, peguei o metrô em direção ao centro de Paris para encontrar meus amigos para um jantar fora de hora. Depois, fomos à boate Les Bains.

Tontos com o champanhe (exageramos um pouco no jantar), entramos na boate. Ela estava cheia de parisienses e parecia que todos no salão estavam dançando. Fui abrindo caminho até um dos palcos para ver todas aquelas pessoas enquanto dançava. Dancei sem parar por três horas, num estado de total euforia. Naquela noite, a vida correu nas minhas veias. Foi uma das noites mais inesquecíveis da minha vida, uma das primeiras vezes em que realmente relaxei.

Naquela ocasião, qualquer preocupação que pudesse existir desapareceu por completo. Desde pequenas questões como: será que vou pegar o último metrô de volta para a casa da Família Charme? (Não consegui.) Ou: será que vou passar na prova de gramática francesa no fim do verão? (Passei.) Até grandes preocupações, como: o que faria quando deixasse Paris? Em que direção a vida me levaria? Eu conseguiria ser tão feliz novamente?

Enquanto minha vida segue adiante, essas perguntas continuam sem resposta. Agora que estou mais velha, com marido e filhas, sou a Madame Charme da minha própria família. Aprendi tanto com ela e com a vida em Paris que quero compartilhar essa riqueza de conhecimento com as minhas filhas. O que mais desejo é que elas vivam apaixonadamente. Não importa o que façam — o importante é *como* farão. Espero que estejam presentes e prontas para o que quer que esta vida divertida lhes reserve.

O filósofo Eckhart Tolle disse: "O que você faz é secundário. Como você faz é primário." Se Eckhart Tolle não é francês, sua filosofia é. É importante fazer aquilo pelo que se é apaixonada, mas se você se pegar fazendo algo mais ordinário, faça apaixonadamente.

Espero que todos que leiam este livro sejam capazes de viver de maneira mais apaixonada — com muito amor, arte e música. Uma vida sobre a qual você possa refletir e dizer que foi bem-vivida ao olhar para trás — uma vida sem nenhum momento desperdiçado.

É tão fácil passar a vida no piloto automático sem nem sentir. Muitos fazem isso... vagam pela vida relativamente inconscientes. Sem usar os sentidos, sem sentir, sem *viver*.

Naquele primeiro dia em Paris, parada na escada do prédio da Família Charme, eu não tinha ideia da jornada em que embarcaria. Estava prestes a viver a minha maior aventura. Numa terra linda e estranha. Vivendo com uma família formal como a de um romance antigo — com suas refeições grandiosas, seu lindo apartamento, naquele espaço inspirador.

Fazendo amizade com Madame Bohemienne e seus companheiros — naquelas reuniões apaixonantes, regadas a vinho.

Andando pela bela cidade no frio congelante. Sentindo-me absolutamente contente sozinha no metrô a caminho da universidade ou andando pela Champs-Élysées observando pessoas chiques.

Ficando feliz quando podia compartilhar um belo momento com mais alguém. Como aquela explosão de sentimentos que tomou conta de mim quando vi o quarteto secreto à meia-noite no Louvre. Ou quando vi meu primeiro Manet no Museu d'Orsay. Ou a cada noite ao comer uma fatia de camembert — *le roi du fromage*.

De vez em quando, fecho os olhos e me lembro da primeira vez em que estive diante da porta da casa da Família Charme, com o estômago embrulhado, quase louca com as incríveis possibilidades da vida.

E então, entrei...

Fontes de pesquisa

Na internet

Arbordoun www.arbordoun.com
Benedetta www.benedetta.com
Brazilian Peel www.brazilianpeel.com
Clarisonic www.sephora.com
Claus Porto www.clausporto.com
Dermalogica www.dermalogica.com
Diptyque www.diptyqueparis.com
Éminence www.eminenceorganics.com
Epicuren www.epicuren.com
L'Occitane www.loccitane.com
Paula's Choice www.paulaschoice.com
Roger & Gallet www.roger-gallet.com
Sibu Beauty www.sibubeauty.com
Skindinävia www.skindinavia.com

Livros

Sixty Million Frenchmen Can't be Wrong, de Jean-Benoît Nadeau e Julie Barlow (Sourcebooks, 2003)
The 90-Day Novel, de Alan Watt (The 90-Day Novel Press, 2010)
The Lost Art of Gratitude, de Alexander McCall Smith (Anchor, 2010)

Moda

A.P.C. www.apc.fr
BCBG Max Azria www.bcbg.com
Diane von Furstenberg www.dvf.com
Ferragamo www.ferragamo.com
James Perse www.jamesperse.com
J. Brand www.jbrandjeans.com
J. Crew www.jcrew.com
London Sole www.londonsole.com
Nanette Lepore www.nanettelepore.com
Rebecca Taylor www.rebeccataylor.com
Velvet www.velvet-tees.com
Vince www.vince.com

Filmes

O fabuloso destino de Amélie Poulain, de Jean-Pierre Jeunet
Je ne dis pas non, de Iliana Lolitch
Si c'était lui..., de Anne-Marie Etienne
Un baiser s'il vous plaît, de Emmanuel Mouret

Música

Yo-Yo Ma: *La Voix du violoncelle*
The San Francisco Saxophone Quartet: *Tails of the City*
Sidney Bechet: *Petite fleur*
French Dinner Party: coletânea do iTunes

Serviços

Petite Spa: www.petitespa.net
Madeline Poole Nails: http://madelinepoolenails.tumblr.com

Agradecimentos

Escrever este livro foi uma viagem incrível e quero agradecer às diversas pessoas que me ajudaram durante esse percurso: os meus pais, por estimularem meus interesses e me mandarem para Paris — vocês não podem nem imaginar como adorei essa experiência; meu querido marido, Ben, simplesmente por ser o máximo; minha agente fantástica, Erica Silverman, e a todos na Trident Media Group; minha maravilhosa editora, Trish Todd, e a toda equipe da Simon & Schuster por acreditarem neste livro; a Virginia Johnson por suas belíssimas ilustrações; a minha irmã, Leslie Kahle, pelo lindo projeto gráfico do livro original; a minha prima, Kristy Evans, sem quem a vida seria realmente muito chata (Lembra do nosso jantar em frente à Torre Eiffel que durou três horas?); a minha avó, Lila, por sua *joie de vivre* tão inspiradora; a minha sogra, Jane, sem dúvida alguma uma verdadeira Madame Charme; e a todos de minha família, tanto nos Estados Unidos quanto na Inglaterra, pelo carinho e pelo apoio.

Sou profundamente grata a: Juliana Patel, Romi Dames, Meg De-Loatch, Lilliam Rivera, Liesl Schillinger, Jennifer Seifert, Anjali Rajamahendran, Keely Deller, Danya Solomon, Rich Evans, Bryan Evans, Matt Weinstein, Chan Phung, Annasivia Britt, Newton Kaneshiro, Kelly Foster, Nancy Bush, Jennifer Durrant, Amelia Deboree, Bex Hartman, Jennifer Bates, Brian Peterson, Jacqueline DeArmond, Maggie Katreva, Maria Caamal, Dax Bauser e, é claro, Gatsby.

Agradeço a meu mentor e professor de escrita criativa, Alan Watt. Seguir seu curso no Los Angeles Writers Lab mudou minha vida. *Merci* à Família Charme, à Família Bohemienne e à cidade de Paris por me darem tanta inspiração. E, o mais importante, agradeço a todos os leitores do Daily

Connoisseur. Seu estímulo e seu apoio me levaram a escrever este livro. Sem vocês, ele não existiria. Finalmente, agradeço às minhas lindas filhas, Arabella e Georgina. Vocês são a minha *raison d'être*. Amo muito vocês.

Editora responsável
Sandra Espilotro

Produção
Adriana Torres
Ana Carla Sousa

Produção editorial
Mônica Surrage

Revisão de tradução
Juliana Trajano
Nina Gomes

Preparação de texto
Janaína Senna

Revisão
Eni Valentim Torres

Projeto gráfico
Celina Faria

Diagramação
Filigrana

Este livro foi impresso em março de 2013,
pela Edigráfica, para a Editora Agir.
A fonte usada no miolo é Bembo Std, corpo 10,7/14.
O papel do miolo é chambril avena 80g/m², e o da capa é cartão 250g/m².